그 세월 뒤돌아보며

그 세월
뒤돌아보며

남 점 성 수필집

말글빛냄

앞이 보이지 않게 세상이 어둡던 젊은 시절, 시 쓰기로 마음을 맑히며 달래던 때가 있었다. 습작이 무르익어 지상에 더러 발표를 하게 되면서 내 삶을 이끄는 또 다른 길이 열리기를 꿈꾸었으나 오래 이어가지 못하고 묻어버렸다. 매인 데 없이 자유로운 몸이 된 늦은 나이에 수필로 글쓰기를 다시 시작할 수 있었던 것은 지난날의 그 불씨가 꺼지지 않고 남아 있는 때문이리라.

정년이 될 때까지 반백년 가까운 세월을 교단에서 지내며 말이 슬기를 깨우고, 사람 되게 하고, 우리 되게 하는 것임을 알았다. 겨레가 갈라지고 이 지경에 이른 까닭이 무엇인가. 우리말글을 짓밟은 때문이 아닌가.

내 글쓰기는 '나랏말이 서지 않고는 나라가 바로 설 수 없다'는 데 뜻을 두고 있다. 일제가 남겨놓은 조선왜말(일본식 한자말)을 아직도 청산하지 못하고 있는데 온갖 외국말이 들어와 우리말을 어지럽히고 있다. 안타깝기 그지없다.

'말이 오르면 나라가 오르고, 말이 내리면 나라도 내린다'고 한 주시경 선생의 말을 마음에 새기며 단 한 사람이라도 이 책을 읽고 우리말 살리기에 힘써 준다면 이보다 더 큰 보람이 없겠다.

2012년 여름
남점성

차 례

고갯마루에 서

아침 먹고 집 앞에 나섰더니 아는 이가 뒷산에 함께 가잔다. 저녁나 절이면 날마다 고갯마루까지 갔는데 못간 지가 오래되었다. 말벗이 그립더니 길벗으로 쉬엄쉬엄 올라간다. 풀과 나무들이 싱싱하다. 진달래꽃이 핀다.

뒤에 오던 사람들이 앞으로 가는데 기운이 펄펄해 보인다. 언제 나서서 어디까지 갔다 오는지 벌써 내려오는 사람도 있다. 시커먼 모자 챙을 숙이고 얼굴을 가린 사람, 수건을 가려 덮고 눈만 보이도록 한 사람, 시커먼 안경을 쓰고 지나가는 사람. 제 모습을 남에게 보이지 않으면서 가리지 않은 남의 모습은 몹시 살피는 듯하다. 함께 사는 세상에 왜 모습을 감추고 다닐까. 숲속 길, 햇볕이 뜨거운 형편도 아닌데. 타고난 모습을 떳떳이 드러내지 못할 무슨 까닭이 있을까. 검은 안경으로 사람을 노려보고 다니는 사람을 보면 사찰 기관원인가 싶다.

오늘 오랜만에 오르는 뜻은 내 금강산 만물상을 보고 싶어서다. 날마다 다닐 적에는 이 경치를 눈여겨보는 재미로 다녔다. 고갯마루가 얼마 남지 않은 오른쪽 이 곳, 가까이 오면 콧노래를 흥얼거렸다. 북쪽에 있는 금강산을 많이들 구경하고 오지만 나는 아직 가보지 못했다. 사진이나 그림으로만 본 금강산을 이곳을 지나면서 내 금강산으로 여기고 '그리운 금강산'을 불렀다.

갈라진 나라가/ 예순한 해가 되어도/ 한을 안고 그대로/ 겨레가슴에 쌓인 피멍이/ 검빛으로 변하고/ 아픈 세월은 오늘도 그대로/ 언제 이룰지 내일도 어두운/ 한나라/ 겨레여/ 나라여/ 서러운 역사여/

근처에 이르렀는데, 만물상이 있던 자리에 허옇게 돌축을 쌓아놓았다. 언제 없앴을까? 오늘 이 길을 오르지 않았더라면 내 금강산은 없어지지 않고 가슴에 담고 있을 것인데, 이 걸음이 없어진 금강산을 보러 온 것이 되고 말았다. 고갯마루까지 오르며 보았고, 내려오며 다시 보던 금강산이었다. 다시는 볼 수 없게 된 내 금강산.

내 금강산은 아무도 알아주지 않는 깎아 놓은 흙 비탈이었다. 비탈진 그때부터 만물상은 생기기 시작했다. 비탈 높이가 내 키보다 높았고, 머리 위로는 소나무가 우거졌다. 비가 오면 나뭇잎들이 큰 물방울을 지어 흙 비탈을 때렸다. 크고 작은 자갈이 일만 이천 봉우리가 되어 자갈 밖의 흙을 씻어 내렸다. 비 맞는 세월이 가면서 만물상 봉우리가 지어졌다. 높고 낮고, 어깨를 나란히 한 것, 언니와 함께 서있는 것, 뾰족한 것을 이고 있는가하면 비딱한 것을 이고 있는 것. 다 제 모습을 띤 만물상이었다. 땅속 흙이 밖으로 드러나니 세월 따라 내 금강산이 지어졌다.

고갯마루에 이르렀다. 진달래가 곁에서 핀다. 보릿고개를 맞던 배고픈 시절, 나무하러 산에 가서 한나절 배고픔에 꽃을 따서 먹었다. 허기를 에워주던 '참꽃'. 옛 일을 그리며 몇 송이를 따서 입에 넣어 씹는다.

온 산이 불그레 진달래 피면
보릿고개 한나절 배가 고팠다.
지천으로 피는 꽃을
다가가서 따 먹어도
아무도 뭐라카는 사람이 없었다.
한 잎 넣고 씹으면
상추보다 더 연해서
참꽃 맛이 입안에 감돌다가
목구멍 고개를 넘어갔다.

어릴 때 먹어본 맛을 되새겨본다. 숱한 세월이 흘러갔다. 그 시절로 돌아가서 삼켰다. 고향 마을 뒷골 산비탈에 온 산이 불그레하도록 피어서 많이도 따먹었다. 연분홍 꽃빛, 어진 백성들의 수줍음을 머금은 참꽃 진달래.

고갯마루에 앉아서 바라본다. 수십년 전까지만 해도 낮은 곳은 논과 밭이었고 산기슭에 마을이 있었다. 세상이 얼마나 달라졌는지 빈틈없이 집이 들어찼다. 땅에 터를 잡고 한 집씩 지붕을 지어 살아야 하는 것인데, 똑같은 집을 포개고 포개 올려서 수십 커나 쌓아 올렸다. 삼밭에 삼대 섰듯 들어찼다. 포개고 포개서 지어 올렸으니 '포갠집'이라. 겁도 없이 땅을 깔고 포개 지었으니 그 터가 아파서 '아파터(트)'라.

'포갠집'이 높아갈수록 땅기운 받기가 멀어져서 탈이 생긴다. 높은 데서 떨어져 죽으니 땅을 아프게 해 동티가 난 것이 아닐까? 날만 새면 포갠집에서 나와 땅을 딛고 다닌다. 땅기운과 땅내를 받고 싶어 저절로 나오는 몸부림이다.

열음짓고 사는 시골사람들은 포갠집에서 살기를 싫다한다. 땅내 맡고 땅기운을 받아서 어진 마음이 생겨 서로 믿고 얼굴을 안 가리고 정답게 산다.

포갠집에 사람들이 몰려드니 농촌은 비고 버려진 논밭이 숱하다. 이 고갯마루 바로 곁에도 넓은 땅이 묵밭이 되어 풀이 우거졌다. 아까운 땅, 얼마나 힘들여 일군 논밭인가?

타고난 목숨을 살게 하는 먹을거리를 하늘과 땅이 대어주니 하늘과 땅을 우러르고 두려워하며 산다. 어떻게 지어낸 것이냐? 먹는 것을 버리면 벼락 맞을 소행이라고 여겼다. 그래서 밥알 하나라도 버리지 않고 알뜰히 먹는다. 열음짓는 일을 겪어보지 못하고 자라는 사람들은 가게에 쌓이고 쌓인 것을 보고, 흔하고 천해진 것이라 여기고 먹다가 남으면 버린다.

고갯마루에서 내려온다. 없애버린 금강산을 그리며 다시 한 번 '그리운 금강산'을 부른다. 갈라진 나라의 북녘을 그렸다. 많은 사람이 농사를 버리고 포갠집에 모여 살도록 세월이 가고 세상이 바뀌었는데, 어찌하여 갈라진 나라는 한나라로 이루지 못하는가? 그 까닭이 무엇인가? 서러운 세월, 예순한 해가 되었다.

무너질 흙 비탈이 아니었는데 뭐한다고 돌 축을 쌓아서 내 금강산을 없앴나? 만물상은 가버렸다. 4박자의 여린내기에서 시작되는 '그리운 금강산'이 서럽게 나온다. '–우리 다 맺힌 한 풀릴 때까지–' 이 노래를 부를 것이다. 이어서 '우리의 소원'이 목매이게 나온다. 6박자에서 시작되는 여린내기에서 부르면 한 손이 저절로 지휘를 한다. '이 겨레 살리는 통일/ 이 나라 살리는 통일' 없어진 내 금강산아. 못 가보는 내 금강산아.

갈라짐이 없던 광복 그때를 돌아본다. 맑은 하늘, 환한 햇살은 온 겨레 마음에 생기를 일으켰다. 짓밟히고 빼앗긴 세월을 벗어난 벅찬 세상이 아니었던가. 그러나 남북이 갈라지고, 주검의 피를 이 강산이 머금었다. 가슴에 뭉쳐 있는 이 응어리를 우리 서로 부둥켜안고 풀어 볼 그날이 언제인가? 앞으로 얼마나 더 이 한을 품고 살아야 하는가? 아름다운 금강산 일만 이천 봉우리. 내 살았을 때 하나 되는 우리나라를 그린다.

(2006. 7)

쓸쓸한 한글날

해 돋기 전에 국기를 달았다. 국기가 높이 달리고 나서 돌아 오르는 해가 우리 국기를 보도록 해야 이 날이 즐겁다. 이 좋은 날, 국기가 해보다 먼저 달려서 해를 맞이해야 옳지!

대문 설주에는 집집마다 국기꽂이가 있다. 얼마 전에 시에서 붙여 놓았는데 비스듬하게 붙여서 높이 달 수가 없다. 우리집 국기대는 내 집을 갖고부터 내손으로 만들어 세워 놓았다. 깃봉 밑에 달린 고리에 튼튼한 실을 걸어두어 깃대를 눕히지 않아도 줄을 당기면 국기가 깃봉까지 올라간다. 국기가 깃봉까지 오르는 모습을 보면 마음이 맑아진다. 새하얀 바탕에 빨간 양극과 파란 음극 빛깔이 검은 네 괘에 둘러싸여 뜨는 것이 아름답다. 우리의 국기를 찾은 지가 예순세 해.

바람이 없으니 펄럭이는 모습을 볼 수가 없다. 그래도 흰 바탕에 빨

강, 파랑, 검정이 조금씩 엿보이는 것이 수줍도록 아름다운 모습이다. 맑고 밝은 우리 강산을 보는 깃발이 아닌가? 대문 설주보다 훨씬 높게 달린 우리 깃발. 해가 돋으면 마을에서 우리 집 깃발을 먼저 볼 것이다.

국경일 중에 나는 한글날을 으뜸으로 친다. '훈민정음'이라는 이름으로 우리 세상에 나온 때가 1446년. 이 한글이 나오지 못했더라면 한문 글자에 짓밟혀 시방 어찌 지내고 있을 것인가? 말이 있되 글로 적히지 못하는 우리말로 살아가며 그 우리말도 짓밟히고 잃어서 겨레가 어떤 꼴로 지낼지, 아니 겨레가 없어졌을지도 모른다.

한문 글을 떠받드는 생각과 마음이 아직도 우리 것을 캐지 못하도록 억눌린 꼴이니 종이 되어 지냄이 마땅하리라고 자탄하는 때가 없지 않다. 국무총리라는 사람이 우리 돌섬(독도)에 가서 우리 한글로 빗돌을 세우지 못하는 판을 보면 한심하다. 우리 백성이 달려들어서 이 빗돌을 뽑아버리고 다시 세우라고 일러주고 싶다. 지난날 어느 대통령이 '大道無門'이란 글을 써서 아메리카나라(미국) 대통령에게 선물로 주는 꼴을 보았고 중국에 가서 한문 글자로 제 이름을 써놓는 짓을 보았다. 한심한 꼴이었다. 대통령이 나라 줏대를 뭉개었으니 이 일을 어찌할꼬! 언제 우리는 우리 한글로 덧덧이 살아볼꼬 싶은 어두운 마음이 들 뿐이다.

아침밥을 먹고 나서 자전거를 타고 거리를 지나본다. 이럴 수가 있는가? 달력에 오늘 날짜를 빨간 글로 하지 않았으니 노는 날이 아니기에 국기를 안 달아도 되는 줄 아는 것인가? 일하러 나가니 무슨 '기념일'쯤이지 싶은가보다. 국기를 다는 마음은 한글을 기리는 마음가짐이 아닌가?

집으로 돌아와 높이 달린 국기를 본다. 바람 없이 드리워진 깃발, 힘이 없어 늘어진 모습이다. '국립 국어원'을 찾아 전화를 했다. 연구원 아무개라는 사람이 받는다. 나는 '국어'라는 말을 이러 저러한 까닭으로 '우리말'이라고 고쳤으면 좋겠다고 일렀다. '국어'라는 말이 생긴 내력과 아직도 쓰고 있는 사람들이 생각하는 바를 들어 말했다. 내 말에 대답할 말이 달렸던지 '팀장(실장?)'이라는 이에게 전화를 건네준다. 내 이름을 이미 밝혔음을 말하고 '국어원'이라는 말을 고치도록 그 까닭을 화살이 날아가듯 퍼부었다. '국어원'집에 들앉아서 '국어'로 '우리말'을 누르고 다스리는 사람들. 이런 짓을 하는 일에 쓰라고 '나라살림살이돈―나라살림돈(稅金―제이낑―조선왜말―세금)'을 바치고 있으니 내 몫으로 낸 돈 되받고 싶다. 한참 지껄이고 나니 마음이 좀 후련해지는 것 같다.

우리고장에서는 오늘 행사를 어디서 어떻게 하는지 도청 그럴만한 데에다 물었다. 그런 행사는 도교육청에 알아보라는 대답이다. 아하, 한글날은 도청과는 별 볼일 없는 일이구나! 도교육청에 전화를 하니 초등교육과를 대준다. 교육청에서는 한글날 '기념'행사를 하지 않고 각 학교에서 거행한다고 말한다. 전화 받는 사람이 장학관인 모양이다. 공휴일도 아니고 등청하여 초등교육을 다스리는 일을 맡고 있으니 각 학교에서 '기념' 행사를 하게 되어 있다고 했다. 한글날이 기념일입니까? 하고 물으니 그렇다고 대답한다. 한글날이 국경일이 된 줄도 모르고 있는 도교육청 공무원!

이들이 지니고 다니며 지체를 뽐내며 내미는 이름쪽지(명함)에 대한민국 국무총리처럼 제 이름조차도 한글로 쓸 줄 모르는 사람이 아닐까? 우리는 언제 한글을 빛내며 지내는 세상을 살아볼꼬!

(2008. 10)

우리말과 국어

한문 글자를 보면 새김과 소리로 되어 있는데, 우리말로 '하늘'이라 해놓고 '천'이라 읽는다(天−하늘 천). 이 '천' 소리로 '하늘'을 짓밟아 왔지만 백성과 우리말이 끈질기고 모질어서 '천이 높다' 하지 않고 '하늘이 높다'고 한다.

우리말을 그대로 적을 수 있는 '훈민정음'이 만들어지고 오백예순 해가 지났는데 우리말과 한글을 짓누르는 힘은 사라지지 않는다. 한문 글을 우리말로 옮겨서 그 뜻을 알면 그만인데 하늘 천, 따 지하고 끌고 간다.

이 한문 글자 때문에 '우리말'을 '국어'라고 심어놓았다. 국어사전, 국어생활, 국어순화, 국어학회, 국어학자…. 이 '국어' 나무가 자라서 '국어' 가지가 벌어졌다. '우리말'이 '국어' 그늘에 가려서 볕을 못보

18

고 시들어 간다. 이 '국어' 나무를 뽑아 잘라서 불태워 버리지 않으면 '우리말'은 죽어갈 수밖에 없다.

'왜'가 우리나라를 빼앗아 서른다섯 해 동안 짓밟으면서 '국어' 나무를 가꾸었다. 왜말을 심으면서 우리말을 못하게 했는데 나라를 앗아 간 것만 가지고는 왜놈되게 할 수가 없었다. 겨레얼이 스며 있는 우리말을 못하게 하고 왜말을 심으면 우리 겨레가 없어지는 이치를 알고 있었다. 저들 말을 '國語(고꾸고)'라 하며 國語를 잘 하는 조선사람은 지체가 오르고 왜놈 앞잡이(조선왜놈)로 부려졌다.

한 면에 하나쯤 가르치는 집을 세우고 아이들을 끌어 들였다. 땅 갈고 빼앗기며 살아도 왜놈 만드는 가르치는 집에는 차마 보내지 않겠다고 버틴 집 아이들이 일흔이 지나고 여든이 지났다.

왜놈과 다름없이 왜말로 지껄이도록 '國語常用(고꾸고 죠오요)'를 부르짖었고 '國語常用' 쪽지를 보이는 데마다 붙여서 國語만 하도록 부추겼다.

해방을 맞이했다. 왜놈 앞잡이로 거들먹거리던 '조선왜놈'이 풀이 죽은 왜놈 앞에서, '닙뽕가 나제 마께다까나!(일본이 왜 졌을까?)'하고 함께 탄식하는 꼴을 보았다. 이놈이 왜놈과 함께 가지는 못하고 뜻을 잃은 나그네가 되어 한동안 떠돌아다니는 꼴을 보았다.

면장질을 하며 백성을 몹시 괴롭히던 조선왜놈이 있었다. 해방이 되자 짓밟혔던 조선사람이 찾아가 밖으로 끌어내어 맺힌 한으로 내리쳤다. 아메리카군(미군)이 들어왔다. 조선왜놈을 때리지 못하게 했다. 조선왜놈은 아메리카 군정에서 나리가 되었고 대한민국 정부가 서서도 어깨 펴고 설쳤다. 나라를 찾고 새나라가 섰으면 잃은 우리말을 찾아야 하는데, 조선왜놈들이 짓밟힌 우리말을 맑힐 요량을 하지 않았다. 왜놈한테서 배운 일본 한자말을 그대로 조선한문 소리로 읽어서 그대로 나라말로 하고 '國語辭典'에 올려놓았다. 우리말이 있는데도 말이다. 그들에게 우리말은 짓밟힌 백성말이고 지체가 떨어지는 말이었다.

  광복이 되고 예순세 해가 지났지만 말을 맑히지 못하고 이 세월이 흘렀다. 조선왜놈이 나리로 들어앉아 겨레말을 대접하지 않았으니 우리말이 어찌 피어나겠는가? 한자로 된 왜말을 조선한문 소리로 읽으면 왜말도 아니고 우리말도 아니다. 겨레말을 아끼는 우리 선비들이 겨레사랑 나라사랑 마음으로 우리말을 찾고 새말을 만들어 한글만 쓰기에 온 정성을 쏟았으나, 새 나라는 조선왜놈이 거머쥔 힘으로 이 일이 나아가지 못했다.

  '빨래'가 우리말인데 '세탁(洗濯－센따꾸)'이라 지껄이고. '빨래틀'이라 할 것을 '세탁기'라고 하는 까닭이 그 '조선왜놈'들 때문이다. '국어사전'에 왜말 '洗濯(센따꾸)'를 '세탁'이라 읽어서 올려놓았으니 이것이 우리나라 '국어사전'에 있는 숱한 '조선왜말'이다. 왜놈 앞잡이 '조선왜놈', 그리고 '조선왜말.'

  우리가 하는 말은 언제나 우리말이다. 들어온 말에 떠밀려 잃어가고, 쳐들어온 놈들이 심어놓은 말들에 골병들고. 조선왜말에 눌린 우리말이 광복 후에 들어온 서양말에 밀려 조선왜말보다 더 상전말이 된다. 영어몰입교육? 어릴 때부터 우리말을 잘 배우도록 하는 것이 아니라 서양말이 머릿속에 그려져서 우리말을 죽이는 쪽으로 가는 판이다. 한문 배워 우리말 죽이고, 왜말 배워 우리말 죽여 '조선왜말' 만들어놓고, '서양말' 배워서 우리말 죽이는 판이다.

지난날 제이피(JP), 디제이(DJ), 와이에스(YS)가 있더니 엠비(MB)가 나왔다. 우리말과 우리 글자로는 볼품이 없나? 영어가 얼마나 거룩하게 보였으면 우리 이름을 알파벳으로 하는가?

새로 부르는 대중가요 노래를 들으면 소리 내는 꼴이 서양말소리로 다듬어낸다. 소리며 하는 짓이 안 닮아가는 것이 없다. 한심한 세상이다. 이 꼴을 부추기는 바람이 어디서 오는가?

우리 말글은 주눅이 들어 제 노릇을 못한다. 옹골진 우리말을 캐고 새말을 만들어 겨레 줏대를 세워 힘을 내도록 하는 울타리가 나라가 아닌가? 백성이 나라 바탕이듯이 우리말이 우리 얼을 배고 앞으로 나아갈 뜻을 밝힌다.

왜말 '國語辭典(고꾸고지뗑)'을 '국어사전'이라 함은 '조선왜말'이다. 우리말 낱말을 다 모아 실었으면 마땅히 '배달말 모음', '우리말 모음'이라 해야 할 것이 아닌가? '辭典'만을 말할 적에는 '낱말책'이라고 하면 좋겠다.

우리말은 한아비가 끼친 우리 얼이다. 우리말을 옹골지게 하는 글을 보면 한아비를 만난 듯 마음이 포근해진다. 수천 년 수만 년을 이 땅에서 땅갈고 먹을거리를 가꾸어 먹고살며 우리를 태어나게 한 우리 한아비, 우리말을 잘 갈고 닦지 못해 짓밟히는 꼴을 만들어놓은 우리. '우리말'을 '우리말'답게 다듬어 빛나는 '우리말'을 만들지 못해 부끄럽다.

　'우리말'이 줏대가 서야 겨레가 나아간다. 따라서 '국어'가 아니고 '우리말'이다.

(2008. 8)

여드레만에 내린 태극기

을유년 8월 15일. 나라가 갈라지고 겨레가 갈라진 채로 이날을 다시 맞고 말았다. 광복 예순 돌을 기어이 맞는 이 서글픔, 해가 돋을 동쪽 하늘을 바라보았다.

국기를 달고 내리는 때를 해 돋을 무렵과 해질 무렵으로 함이 옳지만 해가 산 위로 돋기 전에 다는 것과 해가 지고 나서 내리는 것이 더 정성스럽다. 동쪽에는 높은 산이 있어 일찍 달아 해를 맞이하고, 지는 해를 보내고 내리는 것이 국기 다는 날의 내 마음이다.

이날 아침에는 마음이 무겁다. 국기함을 열고 접어둔 태극기를 본다. 태극 모서리와 괘 모서리가 나를 본다. 손바닥으로 가만히 대어본다. 무슨 기운이 가슴으로 타고 든다. 여느 때와는 다른 이 아침을 느끼며 손바닥에 얹고 대문으로 가는데 병신자식을 보듬고 가는 애틋함이다. 나라와 겨레가 갈라진 그대로 갑년을 맞아서는 안 된다는 해마다의 소망이 목에 찼으나 허망스럽다.

깃발을 단다. 황금빛 깃봉이 오랜 햇빛에 바래 얼룩졌다. 꽃받침 다섯 잎에 무궁화 꽃송이를 맺어 깃대 머리에서 펄럭임을 거느리는데, 오늘은 무슨 뜻을 가지고 펄럭일 것인가! 깃발을 매는 손에 기력이 떨어짐을 느끼며 조심스럽게 맨다. 대를 세우고 쳐다본다.

해마다 이날을 맞기가 서글펐다. 을유년 이날을 다시 맞기 전에 하나 되는 그날을 바라고 한했다. 해가 돋는다. 햇살이 깃발을 비춘다. 드리워진 깃발이 무슨 뜻을 품었는지 움직임이 없다. 앞으로 얼마를 기다리면 기쁨으로 아우성치는 휘날리는 깃발을 볼 것인가.

오늘은 해가 져도 달아둘 것이다. 내일도 달아둘 것이다. 다음 날도, 그 다음 날도 달아 둘 것이다. 갈라진 나라가 하나 되는 그날까지 달아두고 싶다.

그때 내 나이 열여섯 살. 중대방송을 듣는다고 사무실에서 라디오를 듣고 있던 왜놈들이 풀없이 책상에 팔을 괴고 있었다. 거리로 나가 보았다. 사람들이 오가며 술렁인다. 패전을 짐작한 사람들 입에서 '패전이다 패전!'이라는 말이 조심스럽게 나왔다. 얼마 전에 하늘을 찢는 듯한 소리가 나고 앞바다에 있는 배를 폭격하고 고사포가 하늘에서 터지더니 몰리는 전세를 느낄 수 있었다.

전쟁이 끝났다. 짓밟히고 눌려 지내는 세상이 끝났다. 왜놈들이 기가 죽고 풀이 없었다. 광복! 뺏기고 끌려가고 괴로움과 설움으로 억눌려 살다가 광복이 되었을 때, 그 설렘은 처음으로 맛본 감격이었다.

그러나 광복은 나라를 갈라놓았다. 왜놈 앞잡이 노릇을 하던 '조선 왜놈'이 되찾은 나라에서 다시 권세를 잡았다. 피 흘리며 싸운 독립군, 광복군을 따돌려놓고, 나라가 갈라질 수 없다고 외치던 인사는 비명으로 가고, 겨레가 서로 죽이는 비통한 역사를 만들었다. 이 응어리를 무엇으로 풀어야 하는가. 흘러간 예순 세월!

태극기를 달아놓고 쳐다보며 갈라져서 살아가는 통한을 달래본다. 광복을 맞던 그때의 기쁨과 설렘이 슬픈 역사로 이어간 세월을 한하며 하나 되는 그날이 언제 올까하고 깃발을 본다. 통일을 못하고 쪼개진 광복절.

해가 져도 내리지 않았다. 다음날도 그대로 달아두었다. 지나가는 사람들이 '국기 다는 날이 지났는데 게을러서 내리지 않았군' 하겠지.

다음날도 그대로 달아두었다. 어느 집도 달아놓지 않았다. '국기를 달아놓고 왜 내리지 않는가' 하고 시비를 거는 사람이 나타나면, 그를 붙들고 통곡하리라. 내 몸 부스러진 가랑잎이 되어 활활 불타면서 막 소리 질러 울어 지치리라.

날씨가 흐리더니 소나기가 쏟아진다. 태극기가 젖는다. 나라가 젖는다. 한 서린 겨레가 눈물로 젖는다. 비가 오다가 멎다가 하면서 젖고 마른다.

8월 하순으로 들어서 하루가 지났다. 내일이 22일, 그 이레 뒤가 29일. 떠올리고 싶지 않은 그날이 이 8월에 들었다. 태극기를 그대로 달아둘 것인가? 다시 맞는 을유년 8월 15일을 그대로 보내지 못해 이달이 끝나는 날까지 달아두려 했다. 22일을 맞았다. 날씨가 흐리다.

나라가 힘이 다해 침략자에게 빼앗긴 1910년. 오늘로부터 95년 전. 내 의지가 약해져서 더 달아둘 수가 없다. 국기를 단 여드레만의 아침. 깃발을 내려 고이접어 함에 넣는다. 덮은 뚜껑 위로 두 손을 얹는다. 빌었다. 나라여, 겨레여.

나라를 잃었을 때 세상에 태어나서 을유년을 두 번 맞았다. 나라가 갈라진 채 예순 해. 겨레가 태어나 사는 이 강산에 피를 쏟아 산천에 묻히고, 말밤쇠그물을 허리에 얽고 사는 우리 겨레. 이 말밤쇠그물을 스스로 걷어내지 못하고 이 세월을 언제까지 견디며 지낼 것인가? 슬픈 이 역사를 만들어 놓은 놈은 어떤 놈들이고, 나라와 겨레를 갈라놓고 이득을 챙기는 놈들은 어떤 놈들인가? 이 쇠그물을 못 풀게 막는 놈은 누구인가?

나는 세 번째 을유년을 저승에서 맞을 것이다. 하루가 바쁘다. 남북이 손을 잡고 이 말밤쇠그물을 풀고 얼싸안고 덩실덩실 춤 한 번 추고 가고 싶다.

(2005. 8)

나라 잃은 나그네

그니가 고향 웅촌 돌내로 들어온 해가 1994년, 제실 행랑방에서 지낸다. 중국에서 왔다고 '중국 할머니'라 불렀다.

일제가 우리 겨레를 지원병, 징병, 징용으로 끌고 가고, 곡식, 놋그릇을 공출로 앗아가더니, 마침내 처녀공출을 해가는 무작스런 짓을 하기에 이르렀다.

그니는 여고 졸업을 바로 앞두고 '여자정신대(일본군 위안부)'로 끌려가게 되었다. 이 처지를 모면하려고 서둘러 혼인하고 중국 만주 조선족이 사는 낯선 땅으로 이름과 생일을 바꾸고 몸을 숨겼다. 그때 나이 열여덟. 졸업장을 받지도 못하고.

남편과 함께 교편을 잡고 우리 교포를 가르치는 세월을 지내다가, 두 딸을 두고 남편은 저승으로 갔다. 남편은 조국으로 돌아가 집과 땅이 있는 고향을 찾아가라는 말을 남겼다. 딸을 출가시켜 외손까지 보고 고향으로 찾아 들었다. 해방된 그때 바로 들어오지 못했으니 중국 사람이 되어 조국으로 돌아온 것이다.

고향으로 와 보니 집도 땅도 남의 것이 되어버렸다. 살던 집이 바로 저기 있건만 어이하리오. 선조 제실 행랑방을 얻어 지내면서 국적을 되찾기 위해 출입국관리사무소를 다니면서 일을 해보았으나, 요식을 갖추지 못한 서류는 접수가 거절되었다. 일가친척 누구도 재정보증을 서주는 이가 없었다. 이름과 생일을 바꾼 사실을 입증하는 요식마저 도 갖추지 못해 여권은 기한이 지나고, 외국인등록증마저 시효가 지나버렸다.

조국으로 돌아와 국적을 되찾아 여생을 지내려는데, 불법체류 중국 사람 처지라. 이 길 잃은 나그네를 뒤늦게 알게 되었다. 이 할머니의 처지를 보니 짓밟힌 겨레의 설움을 아직도 겪고 있는 것 같아 치미는 울분을 누를 수 없었다. 얼마나 빼앗기고 짓눌려 살았는가! 출입국관 리사무소로 찾아가 국적회복 절차를 알아보았다. 불법 체류자는 삼백만 원에서 천만 원의 벌금을 내고 중국으로 가야 하고, 다시 들어와서 국적회복 요식을 갖추라는 것이다.

늘그막에 이르도록 중국에 살다가 조국으로 돌아왔으니, 모든 절차를 알지 못했다. 일가친척이 있지만 누구 하나 나서서 도와줄 이가 없었다. 혼자서 일을 하다가 서글픈 처지를 한하며 주저앉고 지낼 수밖에 없었다.

이 일을 내가 해보자 다짐하고 시작했다. 조국을 떠난 사실과 그 동안의 경위를 입증하는 자료를 모으고, 불법 체류자가 된 처지를 호소하고 처분을 기다렸다.

일주일이 지나고 나니 기별이 왔다.

출입국관리사무소 조사실. 어떤 처벌이 내릴 것인가? 법무부 통첩, "불법 체류를 사면하고 외국인등록증을 주라."

가슴이 벅차오르는 이 할머니, 그만 흐느낀다. 조국이 이 할머니를 따뜻이 맞았다. 한을 달래는 조국이다. 울먹이며 흐느끼는 모습을 보는 사무실은 숙연했다. 나라를 잃었고, 짓밟히는 몸서리를 피해 떠났다가 저물어가는 몸으로 조국강산에 돌아와 눈물짓는 할머니. 조국이 이 할머니를 손잡아 일으켰다. 외국인등록증을 받아 든 기쁨. 조국이기에, 이 할머니의 한맺힌 쓰라림을 달래준 것이다. 조국이 이토록 고마운 것인지를 가슴이 벅차오르게 느끼며 쉽게 사무실을 떠나지 못한다. 이제 중국 영사관으로 가서 여권을 다시 내는 일이 남았다.

그러나 산을 넘고나니 더 큰 산이 앞을 막는다. 누군가 불법 체류한 중국인에게 무슨 까닭으로 외국인등록증을 주는가 하고 우리 당국에 항의를 한 것이다. 참으로 어려운 처지가 되었다.

이름과 생일을 바꿔 중국에서 지내게 된 세월. 국적회복을 하려다가 불법 체류자가 된 경위. 중국이 지난날 일본으로부터 짓밟힌 내력을 우리 처지와 견주어보면 강 건너 불 보듯 처리할 일이 아님을 하소연하지 않을 수 없었다. 국적회복도 못하고 세월만 흘러간 이 할머니에게 한가닥 동정이 비치기를 바랐다.

이 긴 사유서를 써서 들여놓고 '산 넘고 또 산'을 되뇌며 어깨가 처져 집으로 돌아가는 길인데 손전화가 울린다. 영사관에서 집으로 전화가 왔다는 기별이다. 며칠 뒤 아무 날 오라는 것이다. 어찌될 것인가?

그 날. 두근거리는 가슴으로 영사관에 갔다. 여권이다. 일 년도 아닌 5년! 그 자리에서 또 감격한다. 그들도 왜놈한테 짓밟히지 않았던가. 이 할머니의 처지를 보며 더불어 느낀 것이리라.

이제부터는 국적을 되찾는 일을 시작해야 한다. 높은 산을 두 번이나 넘었는데, 이제는 마지막 큰 산을 넘어야 한다. 애를 쓰고 세월을 보내고도 국적회복을 못한 헛걸음으로 지친 날들을 돌아보며 다시 해볼 기운을 차리지 못한다. 여권이 나왔으니 딸이 있는 중국으로 갈 수가 있게 되었지만, 누가 삼천만 원 재정보증을 서주겠는가.

재정보증. 어려운 일이 아니다. 국적회복은 나라 잃고 위안부로 살지 않기 위해 쫓겨다닌 수많은 세월의 응어리를 씻는 일이고, 서러운 역사를 되새기는 일이기에 이 일을 반드시 해내 삶의 보람으로 삼고자 했다. 오가며 쫓아다니며 모든 것을 갖춰 당국에 제출했다.

기다림은 초조와 애태움을 달래는 세월이다. 어렵고 힘든 일을 해내고 참고 견딘 내 삶이었기에, 이 나그네의 국적회복은 내 삶의 시련이라 여겼다.

해가 가고 달이 흘렀다. 법무부에서 '국적회복 허가통지서'가 왔다는 기별이 왔다. 2003년 6월 25일. 이 날이 무슨 날인가! 조국으로 들어온 지 9년 만이다. 중국 여권과 외국인등록증을 반납하고 중국 국적 포기서를 내었다. 마침내 '대한민국 주민등록증'을 받게 되었다.

이름과 생년월일이 호적대로 되었다. 나라 잃고, 나를 잃고, 여든이 눈앞에 와서야 서러운 나그네의 맺힌 응어리를 쓰다듬게 되었다.

정부에서 생활보호 대상자로 대접한다. 겨우 몇십만 원이지만 의료보험 혜택도 있고 노인 교통비도 나온다. 적으나마 얼마나 보람인가!

조상 제실 행랑방에서 내다보면 맑은 개울물이 소리 내어 흐르고, 숲이 짙은 산이 눈앞에 펼쳐진다. 거기는 선조 무덤이 있다. 조국 고향 선산으로 돌아오지 못한 남편 유골을 송화강에 뿌리던 날 함께 뛰어들었다. 허우적거리는 그니를 지나가는 사람이 건졌다. 함께 죽지 못한 애달픔으로 강물을 바라보나 님을 품은 송화강은 말없이 흘러갈 뿐이었다. 다시 못 올 남편, 님의 송화강. 하염없이 울고 울었다.

제실 앞을 흐르는 개울물을 본다. 바람 있는 날에는 님의 소리인가 숲이 속삭이고, 흐르는 물소리는 그 송화강가에서 울부짖던 소리일까 환청으로 들린단다. 제삿날이 되면 이 개울물이 송화강이 된다.

짓밟힌 역사, 한이 서린 '여자정신대(일본군 위안부)', 국적은 되찾았는데 서산으로 기우는 해를 잡을 수가 없다.

(2005. 7)

나이테

어렸을 때 통통 방앗간에 간 일이 있다. 농사라야 한 마지기가 열한 도가리나 되는 다랑이가 있을 뿐인데 그해는 남의 논을 부치게 되어 나락섬이나 소출을 보게 되어 통통 방앗간에 가게 되었다.

원동기, 벼 껍질을 벗겨내는 방앗고틀, 겨를 날려내는 풍구가 있는데 마당에다 차려놓고 벼만 찧었다. 디딜방아가 있는 집에 가서 곡식을 찧다가 통통 방앗간에 가는 일이 퍽 대견스러웠다. 나도 벼를 조금 지고 아버지 따라 가게 되었다.

발동기를 돌아가게 하는데 방앗고틀에만 피댓줄을 걸어놓고 원동기에 발동을 건다. 발동기의 손잡이를 잡고 왼손으로는 용수철이 붙은 원동기 콧등을 누르면서 손잡이를 돌리는데, 한 바퀴 돌리면 '씨쿵 쿵' 하다가 몇 바퀴 돌리면 '시쿵 시쿵 통 통 통'하면서 돌아간다. 힘차게 돌아가면 피댓줄을 8자로 꼬아 원동기바퀴 언저리에 조심히 댄다. 그러면 피댓줄이 걸려들어서 방앗고가 돌아간다. 벼를 미리 부어 놓고 좀 있다가 마개를 여는데 쌀이 쏟아져 나온다. 쌀이 나오는 구멍 마개에 추를 달아놓았다. 추가 무거우면 쌀이 빻아진다. 찧어진 쌀이 받쳐놓은 통에 차면 빈 통을 갈아놓고 풍구에 들어붓는다. 손으로 돌리면서 겨를 날려낸다. 풍구를 나온 쌀이 얼마만큼 찧어졌는지에 따라서 다시 방앗고로 들어가기도 한다.

방아가 돌아가는 동안에 사람이 붙어서 지체 없이 움직인다. 먼눈 팔 겨를이 없다. 호기심이 많았던 나는 방아가 돌아가고 쌀이 쏟아져 나오는 모습을 본다. 풍구 쌀구멍에서 기울어진 나무 바닥으로 쌀이 찰찰 떨어져서 밖으로 나온다. 디딜방아로 벼를 찧는 일보다는 얼마나 쉬운지 볼만한 구경이었다. 쌀이 떨어지는 소리는 발동기가 돌아가는 탁한 소리 속에서 아주 개운한 느낌이 일었다. 수많은 쌀알이 나무 바닥에 부딪치며 나오는데 나뭇결에 홈이 파인 것을 눈여겨 본 것이다. 방앗간 주인이 '점싱이는 만석꾼 자식이제' 한다. 내 이름을 제대로 부르지도 못하면서 구경만 한다고 핀잔하는 것이 못마땅했다.

우리 집은 마을 가운데 있었고 방앗간은 동쪽 끝에 있었다. 골목길을 다니면서 방아 찧는 소리를 들은 적은 있어도 곁에 와서 보기는 처음이었다. 아버지를 따라가 겨를 지고 오는 소임으로 왔으므로 무엇을 어떻게 거들어야 되는지 몰랐다. 방아를 찧고 나서 삯으로 퍼내는 쌀은 디딜방아를 찧으면 나가지 않아도 될 곡식이었다. 남의 땅을 소작으로 부치고 공출로 앗기고 나면 허기를 견디면서 보릿고개를 지내야 했다. 땅에 떨어진 곡식 한 톨도 낱낱이 주워 담는 알뜰함을 어릴 적부터 배우지 않을 수 없었다. 시방도 우리 집 밥상에서는 그릇에 음식이 묻어나가는 일이 없다. 알맞게 담아서 그릇을 비우고 비운 그릇에 물을 부어 가시어 먹는다. 천지신명이 내리고 공들여 가꾼 먹을거리를 잘 씹어서 알뜰히 먹는 것은 마음에서 고마움이 우러나기 때문이다.

쏟아지는 쌀에 부딪쳐 패인 홈들 사이에 닳지 않고 도드라져 있는 나뭇결이 내 마음에 새겨졌다. 아버지 따라 산에 가서 잘린 소나무 그루터기를 보았다. 소나무 크기에 따라 나이테가 많고 적음을 알 수 있고, 내 나이와 견주어 보기도 했다. 베어진 그루터기에서도 잘 썩지 않는 켜를 본다. 이것이 방앗간에서 본 닳지 않고 도드라진 그것과 같은 켜가 아닐까 싶었다.

우리 집은 ㄱ자로 지은 흙담집이고 마루와 문지방이 많이 닳아 결이 도드라졌다. 방앗간에서 본 그 결이 이것이라 싶었다. 드나드는 사람 몸으로도 무른 켜가 이렇게 파이는구나 하고 다시 생각하게 되었다.

나무를 잘라 말려서 켠 판때기에는 고운 결만 있는 것이 아니다. 어지러운 무늬도 있다. 탄생은 순탄한 것이 아니기에 씨 맺을 가지를 낸 자국이 소용돌이로 남아 있는 것이다. 바람이 일고 구름이 끼고 천둥번개가 치면 비가 쏟아진다. 때로는 불어 닥치는 큰바람을 안으며 부러질 듯 쓰러질 듯해도 깊게 넓게 뿌리박아 우람한 몸체를 의연히 지탱하며 견딘다. 한 해 한 켜씩 이루어가는 나이테는 봄 여름 가을 겨울의 내력이 있고 모진 추위에 더욱 단단해지는 삶의 굳은 의지가 있다.

소나무의 여문 켜를 보면서 내가 살아온 내력을 돌아본다. 왜놈들한테 나라 잃고 짓밟히고 지낸 모진 세월. 광복을 맞았지만 나라가 갈라졌고, 강산이 피로 물드는 난리를 겪었다. 이 얼마나 한 서린 역사인가. 어렵게 살아온 고비들. 우리 겨레가 살아온 내력이 닮지 않고 여문 나무 켜가 아닐까?

남북이 갈라지고 예순 한해. 우리 역사에서 이토록 모질고 쓰라린 아픔이 있었던가? 이 모진 겨울을 언제까지 겪고 살아야 하는가?

놀이터 걸상에 앉아서 젊은 가시버시가 아이들을 데리고 놀고 있다. 배고픔을 모르고 사는 세상이기는 하지만 내가 겪은 세월의 이야기를 들려주면 이들이 살아가는 앞날에 무슨 뜻을 남겨주지나 않을까.

비가 그치고 날이 맑다. 비에 젖어 덜 마른 나무 걸상에 드러난 무늬결의 여문 켜를 눌러본다. 겨울을 견디고 지낸 켜는 도드라져서 손톱이 안 들어간다. 짓밟히고 시달렸지만 모질고 끈질기게 살아남은 우리 겨레의 힘살을 이 여문 켜에서 본다.

(2006. 12)

낮뺄갱이

집에서 멀지 않은 곳에 저수지가 있다. 이 저수지는 왜정 때 쌀 소출을 더 내어 그들이 앗아가려고 만들었다. 내 고향에도 마을 뒷쪽에 이런 저수지가 있다. 어렸을 적에 나도 흙을 져 날랐다. 흙을 실어 나르는 수레가 없었으므로 곡괭이와 삽으로 흙을 파고 지게에 퍼 담아 둑으로 날랐다. 둑 자리 달구질은 어른들 몇이 소리를 해가며 다지는데 한 사람이 매기면 다른 사람들은 받았다. 지금은 그 노랫말을 기억할 수 없으나 구성진 가락이 있는가 하면 구슬픈 소리도 있었다. 아버지는 허리가 아파서 힘든 일을 못해 어린 내가 거들었다. 집집마다 일하러 나와야 하기 때문에 빠질 수가 없었다.

고되게 이루어 빗물을 가두고 가물 때 논에 대면 저수지 바닥이 마른다. 물이 달려 물싸움이 나기도 한다. 넉넉한 물로 농사를 더 잘 지어 그 소출로 배고픔을 에워갔더라면 얼마나 보람 있는 일이었을까? 왜정은 이것을 공출로 더 앗아가버렸다.

대학 기숙사 여러 채가 이 저수지를 내려다보고 있다. 학생들 쉼터가 되었고, 토요일이나 일요일이면 사람들이 아이들을 데리고 이 못가에서 노닌다. 논밭을 없애고 집이 들어찼으니 저수지 노릇을 못하고 대학 연못이 되었다. 오리와 거위가 물에서 살고 수련도 나서 꽃을 보기도 한다. 한쪽으로는 실버들이 있고 못 둑으로는 벗나무 스무 그루가 줄지어 큰 나무가 되어 있다.

이 못으로 나들이를 자주한다. 못 둑을 따라가면 알림판이 있다.

안내문
이곳은 수심이 깊으므로 들어가지 마시기 바랍니다.

이 글을 볼 때마다 '물이 깊으므로'라고 말하지 못하는 까닭을 생각한다. 유식한 말 '水深'이 골통에 들어가서 '수심'으로 물들어 '물이 깊다'는 말이 나오지 못하는 애달픈 내력. '수심'이라는 뜻 다른 낱말을 더듬어본다. 수심(手心), 수심(水心), 수심(守心), 수심(垂心), 수심(修心), 수심(樹心), 수심(獸心), 수심(殊甚), 수심(愁心). 이런 漢字말이 우리말을 이만큼 짓밟아 놓았다.

연못물은 언제 보아도 충충하다. 물이 더럽다. 이런 물에 옷 벗고 들어갈 리도 없다. 손을 넣기도 꺼림한데 누가 들어갈 것인가? 이 저수지를 만든 때는 언제인가? 일흔 해가 지났을 것이고 왜정 때 고인

물이 그대로 섞여 있으리라 생각하니 어두웠던 우리 역사를 물빛에서 느낀다.

연못 한쪽 구석진 데에는 갈대가 있다. 가끔 황소개구리가 우웅우웅 하면서 소리를 낸다. 수련이 번져서 온 연못에 차니까 조금 남겨두고 못가에 걷어 내놓았다.

좀 지나서 이 연못으로 갔다. 알림판 글을 본다.

안내문
이곳은 수심이 깊으므로 들어가지 마시기 바랍니다.

한글 낱자 두 군데가 떨어졌고 한군데는 획이 없다. 우리말을 제대로 하지 못한 옳이로구나.

이즈음일 것이다. 오리 떼에 낯선 놈이 있다. 다른 놈들과 어울려 지낸다면 안 수 없었을 텐데 이놈은 물 밖에 나와 외따로 있다. 가까이 가서 보니 털 없는 낯짝이 빨갛다. 목이 희고 콧잔등에 콩알만 한 빨간 혹이 있다. 몸통이 날렵하고 꼬리깃이 좀 엉성하다. 오리들은 몇 마리씩 무리지어 헤고 다니는데 이놈은 물 밖에 있다.

사람들이 먹이를 던져주면 넙죽넙죽 주워 먹기만 하지 자맥질하는 짓을 볼 수가 없다. 눈을 꺼무럭거리며 얻어먹기만 바란다. 자맥질을 안 한다. 게을러졌다.

한번은 길바닥에 날려온 비닐봉지를 주워들고 못 둑으로 갔더니 몇 마리가 나를 보고 헤어온다. 둑을 따라 가는데 꽥꽥 소리 지르며 따라

온다. 손에 들고 있는 것이 빈 봉지인데 먹이인 줄 아는가? 연못을 한 바퀴 돌 때까지 따라왔다. 줄 것이 없는데! 미안스럽다.

들머리에 웅크리고 있던 '낯빨갱이'는 눈이 꺼물꺼물 하면서 나를 쳐다본다. 외톨이로 있는 것이 가여워 물로 몰아넣었더니 가까이 있던 오리들이 몰려들어 마구 쪼아댄다. 물 밖으로 쫓겨나오고 만다. 눈이 꺼무럭꺼무럭 한다. 함께 못 지내는 세상이구나! 집에 가둬놓고 키우다가 이 연못으로 갖다 버린 것일까? 쓰레기봉지를 후벼먹고 돌아다니는 개가 떠오른다.

이 물새 이름을 알지 못한다. 누구한테 물어보거나 책으로 찾아보지도 못했다. 낯이 빨가니까 '낯빨갱이'라 이름 지어 부른다. 사람들이 있을 때 '낯빨갱이'라 불러보지만 이름을 아는 이가 없다. 내가 곁으로 가면 빨간 낯짝 한쪽을 이쪽으로 돌렸다 저쪽으로 돌렸다 하면서 한쪽 눈으로만 나를 본다. 혹시 가두어 키우던 주인을 만나지 않을까 하고 살피는지 모른다.

한동안 못 갔다. 이른바 '휴식공간'이라 써놓은 이 쉼터는 왜정 때 배고파 지내던 백성이 이루어놓은 피땀 어린 저수지. 뺏는 무리는 빼앗기는 무리를 부리면서 역사는 흘러갔다. 괴어있는 물이 충충하게 검빛인 것은 그 어두운 내력을 품고 있는 것이다. 1945년 광복이 되었지만 나라가 갈라졌고, 남과 북은 서로 다른 이념으로 수백만이 죽었으나 겨레는 하나 되지 못하고 한 서린 세월이 흘렀다. 누가 이렇게 만들어놓았는가? 남쪽에서는 북쪽을 보고 '빨갱이'로 칠했다. 우리 겨레 한 핏줄에 낯이 빨간 사람이 없다. 아무리 칠해도 '낯빨갱이'

처럼 되지는 않는다.

한날 가보니 낯뺄갱이가 안 보인다. 못 가 어디에 우두커니 웅크리고 있을까? 한 바퀴 둘러보아도 안 보인다. 갖다놓은 사람이 도로 안고 갔나? 집으로 갔다 해도 이 연못보다 나을 수는 없지 않은가? 다른 오리들한테 쫓겨도 이 연못에서 그대로 지내면 차츰 길들 것인데!

그때다. 물에 있는 몇 마리 무리에 좀 떨어져 낯뺄갱이가 있다. 마침내 물에 들었다. 쫓기고 외따로 있더니 인제 동무가 되어 저들과 지내게 되었구나! 이 연못을 유유히 헤며 못해본 자맥질도 하게 될 것이고, 깃털이 보송보송 윤이 나서 제 빛깔로 되어 가리라.

남북이 가까워지는 먼동이 튼다. 낯뺄갱이는 이 연못에 있다. 남쪽에서 칠해놓은 빨갱이는 본디 없는 것이다. 우리가 이 칠을 마음에서 씻을 때 겨레가 다시 하나 되는 날이 빨리 올 것이다.

(2007. 11)

내 이름 점이 성하라

　내 발등에는 새끼손톱만한 점이 있다. 아버지 나이 서른셋에 내가 맏이로 태어났는데, 늦게사 첫 아들을 본 아버지 어머니는 이 점이 수복을 점지한 보람이라 여기고 '점'이 '성'하라고 우리말로 이름을 지으셨다.

　내가 났을 때가 나라 잃은 때라, '왜'가 우리 글자로 이름을 받아줄 리 없었다. 호적등본이나 초본을 떼어보면 '점'은 한문 글자 '차지할 점' 밑에 '불 화'를 가로 넉 점찍은 글자이고, '성'은 '일 성' 밑에 '그릇 명'을 받친 글자다. '점'을 바른 자로 쓰면 '검을 흑' 곁에 '차지할 점'을 한다. 바른 자로 안 쓴 것은 반자니 약자니 하면서 쉽게 쓴 글자라고 생각하는데, '왜'는 이런 글자를 쓰는 것이다. 왜정 국민학교 졸업증서는 호적대로 썼고, 나라 찾고 나온 증서에는 바른 자를 쓴 것이 있다.

호적등본이나 초본을 손으로 써주던 지난날에, 이 점 자를 '차지할 점' 밑에 '큰 대' 자를 쓰는 일이 있었으니, 옥편에도 없는 글자를 멋대로 쓴 것이다. 내 이름에 이렇게 한문 글자와 왜정 얼루기가 묻어 있다.

우리 글자로 쓰는 '점'을 '정'으로 잘못 쓰는 사람이 더러 있다. 한 신문에 글을 내었더니 내 성 '남'을 다른 성으로 바꿔놓고 글을 틀리게 실어놓았다.

"글을 받으면 그대로 실어야지 남의 글을 멋대로 흠을 내고, 성을 함부로 바꾸어 내는 신문이 언론자유인가?"

고쳐낸 것이 '점'을 '정'으로 해놓았다. '이 따위 신문이?' 싶어서 이 신문 다시는 안 본다. 읽어보라고 책이 더러 오는데, 안겉장에(봉투에도) 적은 내 이름 '점'자를 '정'으로 써 보내는 사람이 있다. 잘 못 쓴 빋침 '이응'에다가 '미음'을 덧씌워 쓴 사람도 있다. 남의 이름을 좀 '정성'들여 쓰지 않고 함부로 써 부쳤으니 책을 돌려주고 싶다. 내가 지체 높은 벼슬을 지낸다면 이름을 이렇게 다루지는 않으리라.

내 이름이 우리말로 지은 이름이므로 우리 글자로 고쳐보려고 법원에다 서류를 내었다. 얼마동안 지나서 기별이 오길, '한문 글자로 올라 있는 이름자를 한글로는 고칠 수 없다'는 것이다. 왜정 때 한문 글자로 올라 있는 내 이름을 우리 한글로 고치자는데 안 된다? 이거 어찌된 판인가? 광복이 아직 덜 되었나? 이러구러 강산이 몇 차례나 바뀌어 갔다. 나라가 우리 말글로 바로 설 날이 언제 올까? 하고 기다린다.

42

한 사람을 만났다. 첫 인사를 나누며 이름쪽지(명함)를 받았다. 나는 이름쪽지가 없기에 말로 알렸더니, 한문 글자로 써 주기 바란다. 한문 글자로? 이름은 말소리로 알면 되고 우리 글자로 쓰면 그만인데, 굳이 한문 글자로 알고자하는 그 소갈머리가 무엇인가 싶어, 호적대로 써 주며 이 '점'자 내력을 알아보려나 하고 보았는데 알지 못했다.

받은 이름쪽지 앞뒤를 보았다. 앞쪽은 온통 한문 글자, 뒤쪽은 꼬부랑글자이다. 드물게 쓰는 어려운 한문 글자 이름이다. 읽을 줄 아는가 싶은 눈빛으로 넌지시 본다.

"ㄱ ㅎ ㅅ님이군요. 이름쪽지에 우리 글자는 한 자도 없네요?"

목에 힘을 주고 있다가 빙긋이 웃음을 머금고 만다. 감투와 글자를 가지고 지체를 뽐내며 으스대고 싶은 이름쪽지. 한문 글자를 그 소납으로 삼고 지내는 축이다. 겨레가 글빛을 본 지 오백 예순 세월이 오건만, 아직도 남의 나라말과 글자를 가지고 뻐긴다. 다른 쪽을 본다. 성과 이름이 자리가 바뀌었다. 한문으로 지체를 뽐내다가 인제는 서양을 우러러 섬기어 이름이 앞에 오고 성이 뒤로 갔다. 바로 '한국코쟁이'구나! 왜정 때 '창씨개명'을 앞장서서 설치던 그 '조선왜놈'처럼.

이름쪽지를 우리 글자로 쓰면 지체가 떨어지고, 남의 말글로 써야 행세 할 수 있다고 생각하니, 이 소행이 혼자 일에 그칠 일인가? 한겨레 됨에 안겨들기를 겉돌면서 다른 나라, 큰 나라에다 마음을 기대어 우리 말글을 이토록 우집는다. 이래가지고 우리 앞길에 무슨 노릇을 하려는가? 우리 글자가 태어나서 숱하게 짓눌려 이 지경이 되어서도 아랑곳하지 않고 남의 글자를 가지고 행세하며 지낸다.

소학교 4학년 때다. 성과 이름을 왜놈 되게 갈아붙이는 '창씨개명' 바람이 불어닥쳤다. 남의 땅을 소작으로 부치고, 지은 농사를 공출로 빼앗기고, '조선왜놈'이 앞장 서 죽거리마저 뒤져갔다. 이른 봄이면 산나물, 들풀을 뜯어다가 허기진 배를 채우며 살았다. 새끼꼬기, 가마니짜기, 밤이 이슥하도록 해내어 왜놈한테 바쳤다. 아버지는 힘이 달리고 괴로워 지친 몸을 엎디어 앓으시면서, '성과 이름을 왜놈 씨알 되게 갈라고? 이 왜놈들을!' 하셨다. 내가 눈물이 글썽하여 주먹으로 문댄 일을 지금도 떠올린다. 아버지는 한문을 읽지 못하나 옛날 우리 나라 이야기와 전해오는 이야기를 자주 들려주셨다.

그때 담임이 와따나베 마쯔모리라는 교장인데, 키가 작고 코밑수염을 기르고 눈매가 빛났다. 마감일을 잡아놓고 '창씨개명'을 받아 적었다. 아무 말을 않고 있으니 까닭을 물었다. 아버지가 '성 이름 이대로가 더 좋다 하신다'는 말을 알렸더니, 내 이름을 가만히 들먹여보고, 더는 다그치지 않았다. 광복을 맞아 성 이름 되찾기를 하는데, 우리 글자로는 돌아오지 못했다. 왜정이 적어놓은 이름 그대로.

내 이름 '점성'을 '주민등록증'에 그대로 적음이 마땅한데, 국무총리 아무개의 우격다짐으로 호적대로 달게 되었으니 왜정 한자를 그대로 보지 않을 수 없게 되었다. '조선왜놈'이 그대로 이 나라를 다스리고 있는 셈이다.

오백예순 해 전에 만든 우리 글자를 그때부터 소중하게 부려쓰고 우리말을 잘 가꾸어 왔더라면 나라 줏대가 바로 서고, 온 겨레가 저절

44

로 생기가 나고 나라 힘이 넘쳐, 저 중국에 있는 잃은 우리 배달땅을 벌써 찾았을지 모른다. 몇 해 전에, 그 땅으로 '날개' 타고 가면서 내려다보았다. 구월에 접어든 넓고 넓은 가을 땅에 무슨 곡식인지 누렇게 익는데, 저 땅에서 열음짓는 사람들이 우리 한아비의 겨레일 것이라 싶으니 가슴이 울컥했다. 남은 반도땅마저 갈라져 살면서, 잃어버린 그 땅을 보니 눈물이 어렸다. 겨레가 갈라져 있기에 '왜'가 독도를 저들 땅이라 하고, 중국이 우리 역사를 빼앗으려 든다. 갈라놓은 남북을 우리 힘으로 아물어 붙이고, 맺힌 응어리를 풀어야 한다. 지나온 세월이 한스럽고 마음이 탄다.

전화국에서 내는 전화번호책을 받으면 내 이름부터 찾아본다. 전화 놓은 지가 마흔 해가 되어가지만 내 이름이 틀리게 적힌 적이 없다. 그 많은 이름들을 우리 글자로, 내 이름 안 틀리게 실어주는 솜씨가 참 용하고 고맙다. 실어놓은 이름들을 보면 같은 이름들이 많은데, 내 이름과 같은 이름은 아직 없다. 내 이름이 이만하면 잘 된 이름이구나 싶다.

내 '점'을 틀리게 소리내는 사람이 더러 있다. 성자 '남'이 입술 다무는 미음 받침이고, 바로 다음 '점'에서 또 미음 소리를 내어야 하니, 미음 소리 거듭 내기가 힘들어서일까? 들을 때 '점'으로 들었으면 소리 낼 적이나 적을 적에도 '점이 성하라'고 알면 안 틀리게 되는데 남의 이름, 좀 '정성'들이면 좋겠다.

군에서 농구화 신등에 이름을 적었는데, 한 장교가 물끄러미 내려다보고는 '네모 네모 동그라미, 받침이 희한해!' 했다. 내 대답이 '나

45

저서'에 '음,음,웅'을 받친 것이라 했더니, 배를 내밀고 웃었다. 삼년 한 달 이틀 동안, 죽고 죽이는 싸움이 멎은, 1953. 7. 27. 밤 열 시. 남 북이 갈라진 그대로 대포연기가 걷혔다. 강산이 피를 머금었고, 싸움 터 산마루마다에는 풀 한포기 나무 한그루 없는 민둥산이 되었다. 산 높이가 한 길 씩이나 낮아졌다고 한다. 얼마나 대포를 퍼부었나! 귀가 찢어지게 터지는 소리를 듣다가, '천하 고요'를 보며 이름을 신등에 적었던 것이다.

어렸을 적에 내 태어난 외가 마을 뒤 늪에서 미역하다 빠져 죽살이 치다가 용케 살아났고, 열일곱 살 이른 봄에 염병이 들어 네 차례나 까무러졌다가 살아났다. 경인년 여름, 다급히 빠져 나가는 피난길에 유엔군 병사가 바로 길가에 엎드려 있다가, 내게 총을 겨누어서 양팔 을 번쩍 들고 가는데 그 총구멍이 나를 따라 움직이며 노려보던 그때 를 생각하면 지금도 등골이 오싹해진다. 제주도 신병훈련을 마치고 금화 전투로 들어가, 터지는 포탄 속에서 살아났다. 한번은 버스에서 내려 길을 건너다가 쏜살같이 달려오는 택시가 내 오지랖을 스치고 달아났다. 지금도 아찔했던 그때를 생각하며 길을 간다. 일곱 해 전, 자전거를 타고 가는데 승용차가 나를 받았다. 나는 참으로 용하게도 죽지 않았다.

내 이름 '점'은 나를 이렇게 '성'하도록 지켜주었다. 내 발등을 날마 다 본다. 날아가는 큰 새다. 앞으로 날아가고 있으니 살아가는 길잡이 가 되어, 가는 길이 성하도록 나를 지켜준다.

(2004. 5)

누가 이들을 까막눈이로 만들었는가

　나라 잃은 시대에 태어나서 예순이 지나고 일흔, 그리고 여든에 든 이들. 빼앗기고 짓밟히고, 강산이 피로 물든 세상을 겪으면서 살아남았다. 얼굴과 손, 도토리 빛깔로 익은 살갗, 북덕까꾸리 같은 거칠어진 손과 불거진 손가락마디에서 우리 겨레의 삶의 내력을 본다. 굶주리고 지내면서 글이 무슨 배를 채워주는 것이었던가! 서러웠던 세월.

　등 따시고 배 안 곯는 세상이 되고, 자식과 손자들이 글을 읽고 씀으로써 삶의 연모로 사는 세상을 보면서 글 모르는 허기를 느낀다. 거리에 나서면 읽어보고 알라고 써놓은 글이 있지만 알 수가 없다. 차를 타고 가서 내려 보니 딴 고장이더라는 낭패를 겪은 이야기는 글을 읽지 못한 서러움이었다.

　옛날에도 서당은 있었지만 아무나 드나드는 곳이 아니었다. 사대부

자식이나 갖게 사는 집 자식들이 호사하고 배우는 곳이 아니었던가. 한낱 '겨집'이 어디라고 문밖 나들이를 할 수 있었던가. 그 배우는 글이라는 것이 삶을 일으키는 우리 말글이 아니라 하늘 천 따지, 공자 왈 맹자 왈 하는 한문 글이었으니 우리말과 우리글이 무슨 글대접이나 받았던가? 부려지고 빼앗기는 백성은 글을 알아서 무엇해 싶었으니 우리 말글이 이들과 함께 짓밟혔다. 지체 높은 그 사람들이 우리 줏대를 잃고 큰나라에 기대고 빌붙은 옳으로 나라 잃고, 나라 갈라지고 이 지경으로 지낸다. 그때 그 서당에서, 집에서 '가갸거겨'로 우리 말글을 배우고 익혀나갔더라면 서러운 우리 역사를 되씹지 않았을 것이다.

까막눈이, 이들을 한자리에서 만나면 서러운 역사의 끼침임을 느끼고 옷깃을 여민다. 우리는 서로 마음을 열고 함께 공부하는 처지가 되는 것이다. 아침이면 누구보다 먼저 나가 찾아오는 그들을 맞는다. 다리가 아파서 손잡이를 붙들고 올라오는 이를 나가서 맞지 않으면 무슨 잘못을 저지른 듯 미안한 마음이 든다. 날마다 이들의 배움을 끊아 보고 그 보람을 살피는 일은 더없는 기쁨이다.

'까막눈이', 이들에게 배움의 문이 활짝 열려 있다. '인제 글을 배워 무엇하겠는가' 하고 지내는 사람들을 보면 안타깝다.

어느 날 어떤 분이 봉투를 가방에 들여놓고 나가버린다. 무엇인가 꺼내보았더니 편지와 돈이다. 그 편지글을 그대로 옮긴다.

선생님게 올립니다

선생님 안녕하시지요. 어는 덧 무더위는 진나고 쪽 빗 가을 하늘이 높아 보입니다 아침 저녁에는 제법 쌀 쌀 한 바람이 시원합니다. 저희들을 가르쳐느라고 얼만아 고생이 많았습니까. 선생님 이 늙은이는 칠순을 넘어서야 글을몰아 가슴에 ㅁ인듯 화를 풀었습니다. 공부를 잘하다는 것이 아닙니다. 선생님 덕분에 이름 석자를 쓸 수있고 주소도 쓸수 있으니까요 참 행복합니다. 선생님 은혜 잊이 안겠습니다. 고맙습니다. 환절기에 몸 조심 하십시오. 그리고 학생이 저겄어 미안합니디. 세명의 마음이니까 받아주세요 부끄룹닙니다.

○○○ 올림

교직에서 평생을 지내면서 돈봉투를 받아 챙긴 일이 없는 나로서는 다음날 이 돈을 돌려주고 받은 죄를 씻었다. 이 편지는 간수할 것이다.

〈한글공부〉라는 책을 보았다. 몇 군데 고쳤으면 싶은 데를 들어본다.

1. 머리띠를 두르고 떠나다. −18쪽−
2. 병뚜껑이 물에 뜨다. −18−
3. 자루에 벼를 넣고 비비다. −21−
4. 병아리가 모이를 쪼다. −26−
5. 카메라로 코끼리 사진을 찍다. −28−

6. 차를 타고 다리를 건너다. -34-

'떠나다, 뜨다, 비비다, 쪼다, 찍다, 건너다'를 이적나아감꼴(현재진행형) '떠난다, 뜬다, 비빈다, 쫀다, 찍는다, 건넌다'로나, 지난적꼴(과거형) 또는 올적꼴(미래형)으로 해야 한다. 낱말책(사전)에 올릴 적에는 이적(현재형), 지난적(과거형), 올적(미래형)을 다 올리기가 번거로우므로 줄기(어간)에다 '다'를 붙이는 것이다. 삶의 말로는 1,2,3, 4,5,6과 같은 말을 하지 않으며 글을 배우는 이들에게 이런 말을 가르칠 수가 없다. 다른 보기 글에는 이적꼴, 지난적꼴로 했다.

'고기와 고구마를 먹는다.'(이적꼴)-13- '거리에서 가구를 보았다' (지난적꼴)-13-

낱말로 실어놓은 것을 더 보이면 '쑤시다, 싸우다, 쪼개다, 쭈그리다, 캐다, 터지다, 퍼먹다'가 있는데 이적나아감꼴이나 지난적, 올적꼴로 하면 살아있는(생동감) 말이 될 것이다.

한 월을 보이는 글도 우리말답지 않은 글이 있다.

1. 아버지와 어머니는 부모다. -20-

아버지와 어머니는 '어버이'가 아닌가? 우리말을 한문말로 가르치는 마당인가?

2. 쓰레기봉투 값이 싸다. -24-

행정 공무원이 잘못 써 퍼뜨린 말이다. '쓰레기 봉지', 또는 '쓰레기 자루'라 하든지 이런 말은 싣지 말아야 할 것이다.

3. 푸른 바다가 파도가 친다. −30−

쪽빛 바다가 물결친다.

4. 며느리가 그네를 탄다. −38−

‘그네를 뛴다’고 해야 바른 말이다.

5. 대나무 숲에서 재미있게 놀자. −40−

대나무 숲이 놀이터일까?

까막눈이들이 글을 읽고 쓸 줄은 모르지만 우리말을 우리말답게 하는 이들이다. 먹물 든 사람이 우리말을 짓밟아 왔고 시방도 그러함을 본다.

지는 해와 같은 이들이 배움이 나아가는 것을 보면 나이가 많다고 글을 깨치지 못하는 것이 아니다. 배우고 가르치고 서로 기쁘지 아니한가!

(2006. 11)

다랑이를 보면서

내 고향마을 남백, 뒷골 당산으로 오르는 굼턱에 흐르는 도랑 따라 한 마지기가 열한 도가리(배미) 되는 우리 논이 있었다. 아랫논과 윗 논의 높이가 한길이 넘어 타오르기가 어려웠다. 논두렁에서 논 구석 까지 너비가 좁아서 칼치도가리라 했다. 맨 아래 논에서 맨 꼭대기 논 을 쳐다보면 가맣다. 아랫논에서 윗논으로 가려면 다락논 서쪽으로 난 산길을 따라 간다. 논 구석에서 물이 끼고 찬물이 나서 나락농사밖 에 지을 수 없고 소출이 적었다. 우리 논이라고는 이 한마지기 뿐이고 남의 땅을 부치고 살았다. 맏이로 태어난 나는 왜정 국민학교를 마칠 때까지 아버지를 따라 이 뒷골 당산굼턱으로 자주 갔다.

우리 마을은 두메라 둘레에 있는 산기슭이나 골짜기마다 다랑이가 더러 있지만 우리 논 같은 좁고 작은 다랑이는 없었다.

골짝마다 이름이 있고 내력이 있다. 안골, 뒷골, 사지미기, 범골, 도둑골, 간디미, 가게걸, 윙정지고개, 대밭골, 시비이걸, 안산모랭이, 도롱골, 남질갓, 쌀산. 안골에 가면 옥황상제가 공기놀이를 하다가 두고 간 칠성바위가 있다.

모내기를 하면 줄모심기를 하는 일이 없었다. 못줄을 댈만큼 생긴 논배미가 아니므로 아버지 어머니는 너더리모(못줄 없이 심는 모)를 심었다. 논배미가 작아서 혼자서 한 도가리를 차지하고 심어 메운다. 마치고 나서 논머리에 둔 삿갓을 들면 삿갓 밑에 한 도가리가 있디라는 말이 있게 되었다.

우리 논 뒤쪽은 남질갓이다. 남쪽을 안고 있는 산에 온갖 푸나무가 짙다. 아버지 따라 가면 향긋한 냄새가 난다. 산토끼가 뛰어 도망가면 이놈은 뒷다리가 길어 오르막비탈을 잘 오르므로 따라갈 짐승이 없다고 하셨다. 노루가 무엇에 놀라 뛰면 이 등때서 저 등때로 번개같이 도망가다가 우뚝 서서 동정을 살피는데 쓸개가 없어서 그렇다고 하셨다. 어느 골짝에서 털빛이 누런 멧돼지를 보면 저녁 먹고 배꾸마당(바깥마당)에 모여 노는 이야기가 사람보다 오래 살아서 털이 세었다고 했다. 하늘에는 솔개가 날고 부엉새 우는 소리도 자주 들었다. 뱀이 나타났다가 풀숲으로 숨어가는 것을 보면 섬뜩하다. 낫질을 하다가 벌집을 모르고 건드렸다가는 쏟아져 나오는 벌떼한테 큰일이 난다. 아버지는 벌집이 있는 데를 아셨다. 무슨 짐승이든지 나타났을 때 건드리지 말라고 하셨다. 산에 사는 짐승은 다 영묘해서 사람이 집적이면 안 된다고 하셨다. 숱한 세월이 흘러갔어도 목숨 타고난 산 것을 함부로 여기지 않고 다치지 말아야 하는 믿음은 그때 배운 것이다.

풀을 한 짐 해 지고 집으로 들어오면 소가 벌써 알고 코를 벌름거리며 본다. 커다란 눈이 빛나고 길쭉한 얼굴에 양쪽 귓바퀴가 내 쪽으로 본다. 한아름 안아다가 놓아주면 꼬리를 흔들면서 혀를 길게 내어 한입 물고 아래턱을 양쪽으로 놀리며 씹어쌓다가 목을 타고 넘어가는 것을 보면 참 맛이 있어 보였다. 한참 보다가 소쌀밥나무(자귀나무)잎을 따로 내밀면 그것부터 먹었다. 소는 산에 들에 먹을 것이 천지였으니 배곯을 일이 없었다.

그 다랑이논에 모내기가 끝나고 좀 지나서 논두렁이 굳어지면 콩을 심는다. 정지(부엌)칼을 가지고 새로 바른 두렁에다 두 뼘만큼 띄우고 구멍을 찔러 두어 낟씩 넣고 보리타작하고 모아둔 까끄라기를 한줌씩 덮어둔다. 구부려서 하는 일이라 한참 하고 있으면 허리가 아프다. 건너편에서 장끼가 소리를 질러댄다. 모습은 보이지도 않으면서 온 골짜기를 울려대는데 '혼자서 일하면 심심하제'하는 소리 같았다. 두렁이 열하나, 아직 몇 두렁 남았나하고 셀 때는 지쳐서 꾀가 날 때다.

가을이 되면 멧돼지가 내려와서 벼논바닥을 쑤셔 놓는다. 들머리에 가시로 막아놓아도 어디로 들어오는지. 아버지가 들 가운데 우리 논을 가지고 살아보았으면 하고 한숨을 쉴 때는 아버지를 위로할 말을 찾지 못하고 망쳐놓은 나락논을 내려다볼 뿐이었다.

이 나락논을 언제 누가 일군 것인지 모른다. 어머니가 시집 왔을 적에 할아버지 할머니는 돌아가 안 계셨고, 아버지 어머니도 이승을 뜨신 지 오랜 세월이 흘렀다. 이제는 남의 땅으로 묵어나서 버린 땅이 되었단다. 거친 산비탈에다가 끈질긴 마음으로 일구어낸 그 논에서 지은 곡식으로 살아온 고된 살림살이.

한 해 동짓달 초승, 모임에 가서 영취산 기슭에서 다랑이를 보게 되었다. 어느 산기슭을 가나 다랑이를 지나쳐보지 못한다. 이곳은 느리게 흘러내린 비탈이어서 다랑이라고 할 수 있을까? 맨 윗도가리 논이 고향마을 앞들 논배미나 다름없다. 논바닥이 넓고 논두렁이 낮다. 가을걷이를 하고 난 논바닥에 짚이 흩어져 있다. 그 시절에는 저 짚이 소여물이 되었고 지붕을 이는 이엉이 되었는데, 소가 경운기가 되고 지붕이 슬레이트나 돌가루지붕이 되고나니 땅에 깔려버렸다. 새끼 꼬고 가마니 짤 때 한 가닥도 허비하는 일이 없었다. 왜놈들에게 모든 것을 다 앗기고 살아야 했던 그 시절에는 땅마저 배를 곯았다는 생각을 한다.

나뭇잎이 단풍들었고 논두렁 풀은 푸른빛을 잃었다. 저 멀리 넓은 들에서 논밭을 일구고 이 산비탈에 이르도록 다랑이를 일구어 살아온 백성들의 삶의 내력을 더듬는다. 한해농사로 한해 먹고 살기가 어려웠던 백성들. 일군 땅이 내 차지가 되지 못해 산비탈을 찾아서 일구고 일구었다.

논둑에 있는 돌이 바위덩이 같이 크다. 여러 사람 힘으로도 어려울 큰 바위. 절로 있는 바위를 따라 두렁을 만들고, 논 가운데 큰 바위는 할 수 없어 그대로 두었다. 땅이 생긴 대로 따라가며 궁리하고 가래질을 하며 땅을 고르고 돌과 자갈을 골라내었다. 논을 갈 때마다 연모에 부딪히는 돌을 주워내고 논을 다루었다. 힘들이고 공들여 일군 땅은 누구도 앗아갈 수 없는 내 땅이 아니던가?

흙이 부드러울수록 알진 논이 된다. 하루 이틀이 아닌 숱한 날을 일구며, 다치고 지치고 날이 어둡도록 일하고 움막 같은 집을 찾아든다. 논배미를 일구어내려는 끈질긴 소망으로 손발이 무지러지도록 힘쓰는 것이 삶의 밑천이었다. 그러구러 일구어낸 논뙈기에서 열음지어 걷은 그 소득은 아무도 범접할 수 없는 소중한 천량이었다. 그러나 그들은 배를 곯지 않았던가?

맨 윗도가리 윗쪽으로는 아직도 일굴만한 땅이 널찍이 펼쳐져 있다. 내 고향 뒷골 다랑이 같으면 얼마든지 일구어낼 땅이다. 나무들이 우거졌다. 오솔길이 차가 다니도록 길이 넓게 나 있다. 이 고장에는 노는 땅이 이렇게도 많은데 손대지 않고 지낸 것을 보니 잘사는 고장이었던가?

짙어가는 가을, 퍼져 내린 산기슭에 나뭇잎이 울긋불긋 물든다. 사람들이 보고 아름답다고 찬탄하지만 나는 가을을 아름답다고 느끼지 못한다. 오는 추위를 견디지 못해 핏빛을 내며 마르는 아픔이다. 이 울긋불긋도 모진 추위가 닥칠 때까지 붙어 견디는 괴로운 아우성이니 마침내 세상을 떠나는 것이 아닌가? 해마다 오는 단풍의 아픔이 세상의 아픔으로 느껴지니 어쩐 일인가? 광복이 되었지만 나라도 겨레도 갈라져서 찬 예순 한 해가 지났다. 이 가을에도 한 서린 가을빛을 그대로 볼 수밖에. 새봄을 맞을 때 품은 즐거운 소망을 가을의 아름다움으로 맞는 그 날은 언제 올 것인가?

피땀으로 일군 다랑이 논뙈기로 그렇게 일해 지은 곡식으로 가멸어 가지 못했다. 그 논들이 이제 묵밭이 되었다. 이렇게 세상이 바뀌었는데 한겨레 한나라로 사는 그 날은 언제 올 것인가?

(2006. 8)

뚜벅 뚜벅

우리 집은 산기슭에 있다. 물이 끊어지면 가장 먼저 안 나오고, 물이 오면 가장 나중에 나온다.

자전거를 타고 나서면 1킬로미터 넘게 발판을 밟지 않아도 간다. 돌아오는 오르막길이 가풀막진 데서는 내려서 걷는다.

집집마다 승용차가 있고 어떤 집은 식구마다 제 차가 있지만 차가 있어야 되겠다는 생각을 해본 적이 없다. 시내 무슨 일로 가든지 자전거를 타고 못 갈 데가 없다. 모임에 갈 적에 자전거를 타고 가서 나들이문 근처에 떡 세워놓는다. 승용차야 아무데나 둘 수 없지.

집밖을 나서면 역겨운 차 냄새가 난다. 밖에 있는 수돗가 흰 대야에 물을 채워두고 지나면 물빛이 검다. 차바퀴가 닳고, 길바닥이 닳고, 차에서 내뿜는 그을음이 뒤섞인 먼지가 내려앉은 탓이다. 좀 가물다가 비가 올 때 지붕에서 흐르는 물을 받아보면 시커멓다. 번쩍거리는 차 거죽에 길길이 쌓이는 먼지, 우리는 이것을 마시고 산다.

집앞 한길에는 양쪽에 차를 대어놓아서 차 두 대가 비켜갈 수가 없다. 차를 집안에 두지 않고 왜 길에 두는가? 집 앞 길바닥이 제 땅인가? 다른 집 차는 못 대게 통 같은 물건을 놓아둔다. 내 집 앞에도 차를 세워둔다. 가고나면 담배꽁초, 휴지가 버려져 있다. 내가 사람이 덜되어서인지 좋게 보이지 않는다.

골목길 네거리에도 차를 대어놓는다. 자전거를 타고 바로 지나가야 하는데 내려서 찻길로 들어가지 않을 수가 없다. 이런 낭패가 있는가?

차가 얼마나 많은지 대체 길거리는 걸어 다니는 사람이 드물다. 넓은 길도 비좁으니 이 차들이 내뿜는 냄새가 어찌되는가? 자전거를 타고가면서 이 내를 들이켜고 간다. 허파로 들어가 피와 만난다. 차를 부리고 다니는 저들은 이 내를 안 마시려고 창문을 꼭꼭 닫고 달린다. 독한 이 내가 하늘에 차서 날씨가 뒤틀리고, 남북극 얼음이 녹아난다.

차안에는 무엇이 탔는지 모르도록 시커먼 유리다. 탈 때나 내릴 때에나 사람모습 잠깐 나타낼까 도무지 못 보도록 가리고 다닌다. 세상에 해를 끼쳐 죄스러운 마음이 들어 모습을 감추고 다니는 건가? 사람은 하늘과 땅을 두렵게 여기며 해를 끼치는 일이 없이 삼가는 마음가짐으로 살아가야 이 땅덩이에 태어나 사는 고마움을 알고 사는 것이다. 땅속에 묻힌 기름을 뽑아내 편하도록 살려고 일으킨 소행이 과연 '만물의 영장, 고등동물'이 할 짓인가?

내 차가 없어도 대중교통이 있다. 차비만 내면 어디든지 태워준다. 안 걷고, 안 기다리고 다니는 것이 무슨 호사인가? 내 차를 타면 지체가 빛나고 오르는가?

열차나 버스를 타고 멀리가면 낯선 나그네를 곁에서 만나고 서로 보고 말하는 즐거움이 있다. 말이 오가면서 정이 나와 잃었던 정을 찾은 듯 함께 사는 즐거움을 맛본다.

옛날에는 걸어다니면서 절로 생긴 뫼와 들과 가람을 보고 다니며, 그 정기를 받아서 못살아도 사람들 마음씨가 후했다. 못 먹고 헐벗고 살아도 정이 있고, 고된 삶을 살아도 그 정으로 달래고 지냈다. 지금 내 그리운 정은 다 그렇게 키우고 새긴 것이다.

오늘도 일보러 가다가 차가 내뿜는 독한 내를 마신다. 어떻게 하면 이 독한 내를 피할 수 있는지를 생각한다. 바닷가로 가서 살 것인가? 찻길이 먼 두메로 가서 살 것인가? 이사를 가면 되는데 쉬운 일이 아니다. '차 흔한 이 세상에 승용차 하나 사지?'

'그렇다면 대중교통이 없어지는가?'

강산을 파헤치고, 굴을 뚫고 새길을 자꾸 내고 넓힌다. 차가 얼마든지 불어나도록 부추긴다. 타고 달리다가 얼마나 죽고 다치는지? 스스로 일으킨 재앙이 아닌가? 차 없던 지난 세상이 그립다.

자전거 타고 가는 사람을 어쩌다가 본다. 마주 오는 자전거를 보면 반가워 손을 들어 보인다. 같은 쪽으로 앞서가는 자전거를 보면 따라 붙는다. '반갑습니다' 하면 돌아본다. 남녀노소 가릴 것 없다. 그도 차들을 비난한다. 자전거를 타는 뜻이 맞다.

집으로 가는 길은 올라가고, 집에서 나서면 내려간다. 우리 집으로 오는 사람 누구나 올라오고, 우리 집을 나서면 내려간다. 시청이 저 아래 있고 도청도 그 저쪽 아래다. 서울은 얼마나 높은 데이기에 어디서 가나 올라가고, 서울을 떠나면 어디로 가나 내려간다고? 자식이 서울 사는데 시골에 사는 아비 어미가 자식 사는 데로 올라가고, 자식은 부모 보러 내려가나? 서울 사는 사람 높이 받드는 말인가? '서울로 가고', '서울서 오는' 것이다.

일을 보고 집으로 간다. 힘이 들어 자전거를 잡고 걸어간다. 우리 집으로 올라가는 것이다. 먼눈팔기도 하고, 멈추어 서서 구경도 한다. 차를 타고 가면 볼 수 없는 것을 잘 본다.

어느 집 앞에서 아낙네들이 막 싸운다. 발질을 한다. 끼고 있던 광고쪽지 뭉치가 땅에 흩어졌다. 그래놓고도 막 쥐어박는다. 힘께나 쓰는 아낙네구나! 얼척(어처구니)없네! 다가갔다.

"이거 뭐하는 짓이오."

"문딩이 겉은 년이!"

시부지기(슬그머니) 물러간다. 얻어맞은 아낙네 모습이 초라하다. 몸이 실하지 못한지 허해보인다. 흩어진 광고 쪽지를 모두 주워서 안겨주었다.

한번에 오백장인가 받아서 집집 대문에 붙이고, 붙어있는 다른 광고쪽지는 뗀다. 붙이고 떼고 하다가 다른 붙이는쟁이한테 들켜서 한 판 벌어진 싸움이다. 세들어 살면서 아이들을 학원에 보내는데 이 벌이로 보탠단다. 가슴을 오두고 헐떡거린다.

"젊은이, 서러하지 마소. 이렇게 벌어야 하니 원!"

어떤 집에는 '광고 부착 금지', 어떤집에는 '대문은 우리집 얼굴입니다.' 번질번질 빛나는 판에 글씨를 박아 겁주듯, 달래듯 걸어놓았다. 얼굴을 알아볼 수 없도록 낯을 가리고 붙이러 다니는 사람. '광고쟁이'가 차를 타고 돌아다니면서 잘 붙었나 살핀단다.

이 싸움판을 보고나니 걸음이 더뎌진다. 길 따라 시내가 흐른다. 도랑바닥이 공굴(콘크리트)인데 기슭에는 풀이 우거졌다. 미나리도 더러 나있다. 풀은 저렇게 나서 서로 어울려 살아가건만 사람은 빼앗고, 짓밟고, 으스댄다.

'뚜벅 뚜벅, 뚜벅 뚜벅'

한 젊은이가 뒤에서 온다. 걷는 소리가 듣기 좋다. 걸음이 날렵하다. 내 걸음이 더뎌져서 그를 앞세운다.

"뚜벅 뚜벅"

"?"

내가 따라서 소리를 내니까 히뜩 돌아본다.

"걸음 소리가 듣기 좋아 따라하지요. 타고 다니는 세상에 걸어가는 젊은이의 이 좋은 소리를!"

"이예!"

얼굴빛을 고치고 빙긋이 웃는다.

"'뚜벅 뚜벅' 소리가 즐겁소! 젊은이가 타고 갔다면, 나도 걷지 않았다면 이 '뚜벅뚜벅'을 만날 수가 없겠지요?"

좀 더 이야기하며 함께 걸어가고 싶은데 길이 갈라지고 만다.

바로 뒤에서 '빵빵'한다. 한쪽은 도랑이고 좁은 길이다. 집집마다 차를 대놓았으니 차 앞뒤로 끌고 들어가지 않으면 지나가지 못한다. 안 비키고 그대로 간다면? 차는 고급이고 자전거는 하등인가? '빵빵'소리는 하등에게 겁주는 소리인가? 안에 무엇이 탔는지 보이지 않는다. 앞으로 빠져나가면서 독한 내를 확 뿜어내고 달아난다. '저런 망할?'

저 쪽으로 '뚜벅 뚜벅' 사라져간다.

(2006. 8)

말미 없이 지내면서

글 받는 이가 청하는 글제가 '휴가 여정'이다. 이 말을 놓고 보니 우리말은 죽어갈 수밖에 없겠다는 생각이 든다. '휴가(休暇)'는 왜말 '기유까'다. '여정'이라는 말은 그 뜻 다름이 '旅情, 旅程, 餘情, 餘醒, 輿情, 勵精, 勵正, 女情 이렇게 된다.

몸 매인 일터에서 며칠 동안 쉬도록 날을 받는다면 '말미'라는 우리말이 있다. 여름철이 되면 이 '말미'를 얻어 무슨 일을 보거나 구경을 가거나 놀러 다니기도 한다.

나그네 길에서 외로움이나 시름을 느낀다는 旅情, 나그네 길을 거쳐 오는 길이나 날짜기는 旅程, 일이 끝난 다음 사라지지 않는 아쉬움은 餘情, 아직 덜 깬 술기운은 餘醒, 백성들의 마음은 輿情, 마음을 가다듬어 힘쓴다는 勵精, 조선조 무관 벼슬에 勵正. 이 여러 가지 '여정'

을 가지고 '휴가'에 붙여서 말을 해본다면 할 말이 많이 나올 것이다. 이들 '여정'에서 旅情이 아닐까 싶은데, 이 말이 바로 왜말 '료지요'다. 한문 글자로 된 말이면 다 '유식하고 고상'한 줄로 아는지 모르지만 우리 말글을 짓밟은 내림 그것이기에 한문 글자를 달아놓는다.

백성이 양반 사대부에 짓밟혀 지냈듯이 양반 사대부가 한문 글로 백성이 하는 우리말을 함께 짓밟았다. 세종께서 우리 글자를 만들어 폈는데도 짓밟히는 내림이다. 나라 힘은 어디서 나오는가? 백성의 삶에서 나온다. 그 힘은 백성이 하는 말과 글이 우리말답게 피면 떨친다. 우리 말글이 짓밟혀 백성이 힘을 잃고 마침내 나라를 잃었다. 왜놈들! 우리 배달겨레를 아주 없애려고 우리 역사를 거짓으로 꾸몄고 저들 말로 우리 말글을 아주 없애갔다.

광복을 맞았다. 왜놈 앞잡이 '조선왜놈'이 '왜'가 심어 둔 한자말을 그대로 타다가 조선한문소리로 읽어서 우리말광(사전)에 올려놓았다. 우리말이 있는데도 말이다. 이런 말이 '조선왜말'이다. 그때 '조선왜놈'을 맑히지 못한 때문이다. 말을 깨끗이 함은 구정(휘정)거려진 겨레 얼을 맑히는 일이고, 짓밟힌 내력을 바로 아는 것이다.

한 주일에 수필집이 두어 권 온다. 이 책들을 펴보면 내 이름 곁에 '惠存(혜존)'이라 써놓은 인사글이 있다. 나는 이런 '유식'한 말을 잘 모르지만 왜말 '게이손' 또는 '게이존'이라는 일본식 표현임을 안다. 이런 인사말을 쓴 책은 제발 보내지 말기를 바란다. 세상에 아름다운 우리말 '드립니다'가 얼마나 듣기 좋고 정다운가? '드립니다'고 쓴 글은 우리말을 사랑하는 이가 쓴 글이기에 알뜰히 읽을 것이고 잘 쓴 우리말을 배울 것이다.

내가 누구로부터 말미를 받을 처지를 벗어난 지 오래되었다. 평생을 가르치는 일에 몸바쳐 오다가 물러났으니 그로부터 풀어놓인 삶의 말미라 하면 될까? 팔월에 무슨 방학이 있는가, 말미가 있는가. 밭뙈기를 일구어 먹을 것을 심어 가꾸고, 닭 몇 마리가 있어 알을 낳아 이어먹는다. 땅개가 있는데 요놈이 낯선 사람이나 동정이 수상하면 어찌 그리 용하게 아는지. 날이 새면 데리고 나가자고 끙끙거리다가 때가 늦으면 그만 고함을 질러댄다. 늘 가는 연못가로 가면 나를 쳐다보며 뛰어다닌다. 날마다 아침 말미를 얻는 것이다. 우리 개의 말미는 아침 거닐기로 누리는 셈이다.

우리 마을에 '한글 배우는 집'이 있는데 까막눈으로 지내던 이들이 모여 우리글을 배운다. 나이 내 또래 되는 이들, 더 되는 이도 찾아온다. 세상을 살다가 글소경을 낮워보겠다는 마음을 먹고 층층이 손잡이를 잡고 오르는 모습을 보면 눈시울이 젖는다. 한글이 만들어지고도 한문 글에 짓밟힌 우리말 우리글. 서당마다 '하늘 천 따지'가 아니라 '기역 니은 디귿 리을, 가갸 거겨 고교 구규'를 배웠더라면 우리나라가 이토록 한 맺힌 내력을 남기지 않았을 것이다. 양반 사대부는 중국을 떠받들고 백성이 못하는 한문 글로 백성과 우리 말글을 짓밟고 지체를 누렸다. 백성이 눈을 떠서는 안 되는 서러운 내력의 마지막 몰골이다. 주름진 이들의 얼굴에는 허덕이며 살아온 세월이 있다. 이들의 가슴에만 응어리가 있는가? 이들을 위하는 일을 게을리 할 수가 없다. 이들이 내게 힘이 솟게 한다.

한 주에 이틀만 하기로 되어있는 날짜를 토, 일요일을 빼고 날마다 했다. 해가 바뀌어 다른 마을 '한글 배우는 집'으로 가게 되었다. 이곳은 자전거로 다니기에는 거리가 멀어 날마다 하기 힘들기 때문에 하루에 세 시간씩 사흘을 한다. 하루 세 시간은 짧고 빠르기만 하다. 집으로 돌아오면 몸이 지친다. 나이가 많아도 깨치는 슬기를 볼 때, 배움에 나이는 없다. 얼마나 고마운 배움인가. 오늘 못다한 아쉬움, 내일을 내다보는 즐거움. 이런 것을 두고 여정(餘情)이라 말하지 않겠는가?

내 바쁜 삶에도 겨를이 있다. 몇 가지 악기로 마음을 움직이는 악곡을 익히는 것이다. '모차르트 피아노 소나타 가장조(331)'는 내 마음을 잘 맑혀준다. 이것을 익히고 있으면 때가 흐르는 줄을 모른다. 몸이 되고 마음이 괴로울 적에 이 곡을 치면 어느새 가셔지고 마음이 둥둥 뜨는 느낌이 든다. 훌륭한 음악은 지친 몸과 마음을 낫우는 힘이 있다. 바이올린은 모임에 갖고 나가 서툰 대로 켜본다. 지난해 봄에는 딸이 베푸는 음악회에 나가(부산 동래) 딸의 반주로 켜댔다. 잘하지도 못했는데 구경꾼들의 손뼉소리가 쏟아졌다. 칠팔 년 전에는 아들이 첼로를 갖다 주었다. 그 소리빛깔이 어찌나 마음을 적시는지 올 가을에는 지난해 그곳에 갖고 가, 이것도 켜볼 것이다.

내 걸어온 길에는 겨를을 그냥 흘려보내지 않았다. 매이는 몸이 아니기에 더운 팔월이라 해서 따로 무슨 말미가 있을까만 어쩌다가 집을 떠나는 나그네가 되어 시름이나 외로움을 느껴볼 일이 있을지 모르지.

(2006. 7)

모기 한 마리

　벌레막이 그물덧창으로 된 오늘날 집은 유리창을 열어놓아도 날벌레가 들어오지 못한다. 집 안에서 날고 있는 모기 한 마리, 나들이문으로 드나들 때 몸에 붙어 들어온 것이 틀림없다. 풀숲에 사는 것이 사람한테 붙어서 집 안으로 들어와 구석에 숨어 동정을 살피다가 사람이 안 움직이는 때를 기다려 살갗이 드러난 데에 달라붙는다.

　잠을 잘 자려면 조용하고 모기가 달라붙지 말아야 한다. 잠을 편하게 잔다는 것은 밥 한 끼 먹는 것과 같은 값을 친다. 잠을 제대로 자는 것이 얼마나 좋은가?

　여남 살 때, 새벽잠을 제대로 못자고 지낸 것이 지금도 잠 탐을 내는지 모른다. 아버지가 젊으셨을 적에 고생을 하고 지내면서 모진 병이 들어도 약을 제대로 쓰지 못하고 골병든 몸이 되어 새벽기침으로 지내셨다. 아버지와 한방을 쓰는데 새벽이면 일어나 기침을 그렇게도 심하게 하셨다. 퍼붓는 새벽잠을 이룰 수 없는 괴로움보다 가난하게 지내는 처지가 더 서러웠다. 나라는 왜놈이 차지하고 소작으로 부치는 농사가 늘 굶주린 세월이었다. 잠결에 이가는 소리를 가끔 들었다. 왜놈을 저주하는 말도 자주 하셨다. 허리가 구부정한 모습을 볼 적마다 불쌍한 마음이 들었고 아무리 부지런히 살아도 허덕이며 살아야 하는 세상이 원망스러웠다. 내 잠 탐은 그렇게 지낸 삶의 끼침이라 여긴다.

미물 요것이 집 안에 숨어서 사람을 우롱하고 피를 빨고 살아간다. 저 있을 데가 아닌 집 안에서 나가지도 않고 목숨 부지하려고 피를 빨고 사니 놈의 소행이 미울 수밖에. 이놈을 쉽게 잡지 못하는 나도 우둔하지만 도통 눈에 띄어야 말이지.

뿜는 모기약이 한 병 있기는 한데 이것 산 지가 지난핸가 그렇다. 이 약을 잘 안 쓰는 까닭은 모기를 죽여 없애는 이득보다도 사람한테 얼마나 독한지를 알았기 때문이다. 한번은 이 약을 쓰고 나서 그 손이 입술을 스치고 혀끝이 입술을 스쳤는데 혀가 그만 따끔따끔했다. 아차 큰일났구나 싶어 손을 씻고 입안을 솔질하고 나서, 이것이 속으로 들어간다면 탈이 나지 싶었다. 그렇게 씻고 나서도 어쩐지 마음이 놓이지 않았다. 모기약을 조심해야 되겠다는 다짐을 하고 약을 안 쓰기로 했다. 벽장에 있는 모기장을 꺼내어 쳤다. 여태 이것을 안친 것은 좁은 방에 거추장스러워서다. 그러나 모기한테 피를 빨리지 않으려면 이러지 않고는 별다른 수가 없다. 그물 네 귀를 걸고, 걷기 쉽도록 손을 보고, 잘 때 쳐놓고 누웠으니 모기장 밖에서 소리가 난다. 요 놈이 달라붙어보려고 밤새도록 헤매다가 지치고 배고파 죽을 것이다. 잠을 편하게 잘 수 있으니 이리도 좋을 수가 없다!

밥을 먹는데 이놈이 다리에 붙어 피를 빤다. 밥 먹다가 구부리고 때려잡을 형편도 못되고 한쪽 다리로 찰싹 붙여 보지만 다리놀림으로는 당할 수가 없다. 살짝 비켰다가 또 달라붙는다. 밤에는 빨 수가 없으니 밥 먹을 때 나와서 나도 피 좀 빨아보자는구나!

모기가 미물이 아닌 것이 사람이 이 벌레를 죽여 없애려고 온갖 약을 만들어 쓴다. 나라끼리 싸움이 붙어 결판낼 때 적을 몰살하는 핵무기, 화학무기를 쓰듯이 모기를 죽이는 수로 쓰는 것이 모기약이 아닌가.

모기, 너를 죽이지 않으려고 내 몸에 붙지 말도록 조처한 것이 방장을 치는 것이니 배가 고프면 밖으로 나감이 옳다. 안 나가고 어디 붙어 있다가 꼭 내 피를 빨아먹자고 덤벼들면 뿜는 약 뿐만 아니라 모기향이라는 것도 있다. 이 약을 피우면 사람한테도 해롭다하니 굳이 쓰고 싶지는 않다. 그러니 구석에 붙어 있다가 섣불리 나와 파리채로 맞아죽지 말고 밖으로 나갔으면 좋겠다.

배고플 때 배를 채우는 것과 먹고 나서 편히 쉬는 것은 산 것이 누리는 권리다. 눈에 쉽게 띄지 않는 데를 용케 달라붙어 피를 빠는 재주는 어디서 나오는 것인가? 피를 빨리고 나서야 가려움을 느끼게 되니 빨리는 사람이 어수룩한 것인가? 본디 사람 피를 빨아먹고 살도록 생겼더란 말인가? 네놈한테 피를 빨리는데 그냥 참고 견딜 수가 없다. 가렵기는 한데 어딘지 안 집혀서 그냥 긁어대는 수도 있다. 빨리고 시원하게 긁어보지 못하도록 해놓고 달아나는 재주가 다 있는 놈이다.

요것이 예사로 작은 미물이 아니라 말이다. 그렇다고 대량 학살무기로 처치하는 짓은 안 된다. 피를 안 빨리면 된다. 모기도 살 권리가 있다. 그러므로 밖으로 나가 넓은 세상에서 새끼치고 살기를 바란다. 아무리 배가 고파도 사람 집에 따라 들어와서야 되겠는가?

내가 뒷밭에 나가서 일을 하면 막 달라붙는다. 밖은 네가 사는 영역이지만 내 먹을 것을 갈아놓고 가꾸는 일이 네게는 해될 일이 없으니 나도 가꾸어서 먹고 살아야 할 것 아닌가? 네 삶터를 해치려는 것이 아니니 막 덤벼들지 말기를 바라는데, 살갗이 들난 데나 더욱이 옷 위에서도 빨아대니 내가 모기보다 아주 큰 몸뚱이지만 그렇게 덤벼드는 재주에는 당할 수가 없다.

어찌나 달라붙는지 밭에서 피해 나왔다. 일을 못하도록 달라붙는 모기무리한테 쫓겨나온 나. 누가 쳐들어 온 쪽인가? 내가 네 삶터를 쳐들어갔기에 네가 내 몸에 달라붙는다 그것인가?

밭에서 나왔으니 나으리라 여겼는데 왼쪽 팔뚝에 한 마리 붙어 있다. 가렵지만 견디며 본다. 배를 오그라 붙이고 뒷달가지(뒷다리)를 바르르 움직이며 피를 빨아먹는다. 무슨 수를 써보리라. 한껏 빠는 참이다. 배가 볼록해지고 배 빛깔이 붉어진다. 병원에서 피를 뽑을 때 대롱에 차는 내 새빨간 피가 떠오른다. 에라이 요놈! 모기한테 빨리고 있는 팔 주먹을 가만히 움켜쥐며 팔에 힘을 준다. 요놈이 날아가나?

안날아가나? 꼼짝도 않는다. 실컷 맛보고 배를 채울 참이다. 오른손 검지를 가만히 들이대도 안 날아간다. 눌렀다.

입 대롱을 내 살에 박아놓고 빨고 있는 판에 힘살에 힘을 불끈 주고 있었으니 빠져나갈 수가 없었을 것이다.

내가 밭에서 네놈들한테 쫓겨 나왔으면 내 몸에 달라붙지 말아야지 내 눈에 잘 띄는 팔에 붙어 와서 마침내 터져죽고 마는구나.

터진 피가 손톱 넓이만큼 퍼졌다. 달라붙어 빠는 결단이 대단하지만 내가 그렇게 휘젓고 피하는데도 팔에 붙어서 끝까지 피를 빠는 소행은 지나쳤다. 좌우간에 너도 나도 피를 보고 말았다. 내 눈에 안 띄는 데에 붙어 빨았더라면 죽지는 않았을 것인데, 참 어리석은 놈이로다.

(2005. 10)

모습

　행세깨나 하는 사람들이 모이는 데를 보면 머리가 한결같이 새까맣다. 그 사람들에는 나이가 달라서 흰머리를 한 이도 더러 있을 것인데 보기가 드물다. 그런 속에서 허연 머리 그대로 거동하는 이를 보면 뗏뗏해 보이고 저래야지 싶다.

　나이 들면 머리가 저절로 희어진다. 젊게 보이려고 새까맣게 물들인다고 나이가 젊어질까? 젊음을 아무리 탐해도 지나온 세월을 되돌릴 수는 없다. 절로 되는 모습을 그대로 간직하고 지냄이 옳다.

　사람을 눈여겨보는 데가 얼굴이다. 가깝게 지내는 사람은 말을 안 해도 얼굴빛을 보면서 느끼고 생각하고, 말로써 속을 드러낸다.

　사람이 자고나서 낯을 씻는 것은 어머니 뱃속에서 나와 탯줄을 끊고 낯을 닦는 데서 비롯되었을 것이다. 잠을 자는 밤이 어머니 뱃속이면 날이 밝은 아침은 이 세상에 태어난 것이라 할 만하다. 낯을 씻는 것은 타고난 제 모습을 곱게 간직하려는 것이다. 이래서 자고나면 낯을 씻는다. 아침에 낯을 씻고 거울을 보면 새 마음이 들고 비온 뒤 산과 들을 보는 듯 아름답다.

절로 되는 모습을 꾸미면 거짓이 된다. 젊게 보이려는 짓이 거짓이요, 절로 됨을 거스르는 짓이다. 스스로를 속이고, 남을 속이고, 늙음을 천대하는 짓이다. 허연 머리, 아름답게 늙어가는 모습이 아닌가!

허연 머리는 나이대로 되어가는 모습일 뿐만 아니라, 보는 이로 하여금 삶을 숙연하게 가다듬게 한다. 부지런히 일하고 머리가 희도록 살아서 오늘을 있게 한 모습이 아니겠나.

우리 겨레 검은머리를 노랗게, 파랗게, 빨갛게, 하얗게 물들이는 젊은이를 본다. 무슨 바람기가 저렇게도 들었을까 싶다가도 세상을 비웃고 맞버티는 무슨 앙칼진 짓인가 싶다. 나라가 갈라지고 겨레가 갈라져서 한 해 두 해도 아니고 십 년 이십 년도 아닌, 예순 해를 내버려둔 것처럼 되어버린 이 세상을 비웃고 다니는 짓은 아닌가?

세계화, 국제화 바람이 일더니 제 모습을 잃어가는 세상인가? 우리 땅에 서양 사람들이 많이 와서 뻐대는데 그들이 우리 머리 빛깔로 물들이고, 딴 나라에 사는 노랑머리 인종도 우리처럼 검은 빛깔로 물들이고 다닌다면 이는 서로 닮는 '세계화, 국제화'라 할만하다.

볕이 뜨거워서라도 살갗을 가려야 하는데 가슴, 어깨, 배꼽아래까지 내놓고, 바지나 치마가 허벅지를 있는 대로 다 보이도록 만든 옷을 입고 다닌다. 옷에 박은 글이 한결같이 '서양글'이다. 우리 말글을 짓밟는 '서양글' 식민지가 되는가? 성한 옷을 두고 떨어져 살이 보이는 옷을 입으니 '미친(美親)'병이 들었나?

기른 머리를 빗어 넘겨 이마와 귀와 온 얼굴을 드러내면 타고난 제 모습을 보련만 이마에 흉터가 있는지, 귓바퀴가 없는지, 뺨에 시커먼 점이 있는지, 한쪽 눈이 짝눈인지, 나를 드러내는 얼굴을 어찌 저렇게 가리고 다닐까? 가려야 할 살은 드러내고, 살갗에는 무엇을 발랐는지 역겨운 냄새를 내고 다닌다.

머리하는 집에 가서 머리를 단장하고 나온 아낙네를 보면 스님 머리와 견주어진다. 머리를 아주 깎아버린 그 모습은 참으로 꾸밈없는 천진한 얼굴이다. 길어지는 내 머리와 수염을 그대로 두면 어떨까 싶다. 수염을 깎는 일은 귀찮다. 주일마다 깎는 것도 미룰 때가 있다. 이러다가 깎는 일을 그만 두게 될지 모른다. 그냥 두는 것은 일부러 부풀려 크게 보이는 것도 아니고 나를 감추는 것도 아닌 생긴 그대로이니까.

아낙네들의 겉꾸밈이 드센 것은 남정네한테 눌려 지낸 화풀이일까? 힘쓰기는 남정네보다 못할지 모르지만 아이를 배고 낳고 기르는 노릇은 남정네가 못한다. 힘은 비록 달릴지라도 타고난 소임은 크고 높다. 집에서 아이를 낳을 때 받아보고, 젖을 빠는 아기모습을 보면 이보다 더 큰 힘과 사랑이 있을까 싶다. 아낙네의 큰 모습을 볼 것이다.

머리가 허연 정치꾼이 있었다. 검은머리 무리들 속에 유난히 빛나 보이더니 어느 날 새까맣게 물들이고 나타났다. 허연 머리를 보다가 그만 어떤 기대가 무너지고 말았다. 죽을 때까지 저렇게 물들이고, 흰 머리를 감추고 지낼까? 물들이는 약물이 몸에 해롭다는데.

검은머리 무리들 속에 허연 그대로 거동하는 한 정치꾼을 본다. 이분의 굳건한 마음가짐이야말로 기리고 싶은 모습이다.

내 머리가 아무리 희게 새어도 물들이고 싶은 생각이 없다. 절로 되는 모습대로 지내야지 꾸민다고 그리되나?

흰머리는 세상을 살아온 내력을 간직한다. 옳고 그름을 보았고 온갖 쓰라림과 괴로움을 겪었다. 옳음을 좇아 살기를 애썼고, 어둡고 거친 길에서 외로이 걸어가는 세월도 있었다. 머리가 희어지고 삶이 주름살이 되었다. 살아온 미립은 젊은이를 앞서지만 몸을 움직여서 힘쓰는 일은 따를 수가 없다. 한 서린 우리 역사를 이대로 두고 떠나기가 부끄럽다.

(2006. 3)

민들레

　내 고향 남백은 백월산 자락 두메 마을이다. 남쪽 하늘 끝에 구룡산
이 가리고 있다. 날씨가 고요하면 그 너머에서 기차 가는 소리가 들려
오고, 한낮이 되면 사이렌 소리를 어렴풋이 들을 수 있었다. 기차가는
소리나 사이렌 소리를 들으면 테 밖을 나가보고 싶은 그리움이 일었
다. 어디를 가나 재를 넘지 않으면 갈 수 없는 두메.

　구룡산 응달 골짜기 언 개울물이 한나절 햇빛에 반짝반짝 빛나면
봄이 온다. 보리가 날 때까지 먹을거리가 달려 가을 한철에나 세끼 밥
을 먹어볼까 겨울 저녁은 벌써 죽으로 때꺼리(끼닛거리)를 늘린다. 한
나절이 되어 구룡산 얼음 빛을 볼 때는 뱃속에서 쪼로록 소리가 나고,
어머니가 점심 채비를 하는지 살핀다. 그 무시죽(무죽), 씨락죽(시래기
죽).

맏이로 태어난 나는 어머니 시중을 들어 쑥을 캐러 다녔다. 뒷골 당산 굼턱에 한마지기가 열한 도가리나 되는 우리 논이 있고, 그 곁에는 작은할아버지 산소가 있다. 양달쪽이라서 잔디가 곱고 민들레꽃이 일찍 핀다. 우리 논두렁에 나는 쑥은 살이 쪄 그곳으로 간다. 이른 봄, 길섶이나 잔디밭에 가장 먼저 눈에 띄는 민들레꽃.

갓털을 쓴 민들레를 보면, 머리가 세었다면서 꽃대를 가만히 꺾어 가지고 저 멀리 구룡산 쪽으로 불었다. 힘껏 불어 보아도 얼마 못가 내린다. 어쩌다가 가만 바람이 그쪽으로 움직이면 내 그리움을 태우고 구룡산 너머로 날아간다고 그리워했다.

1949년 봄에 교사가 되어 고향을 떠났다. 진전면 실안 마을에서 지내다가 경인년 난리를 만났다. 피난동안 싸움터가 북쪽으로 옮아가서 살던 곳을 찾아갔다. 길가나 논바닥에 수없이 널브러진 주검. 뒤집히고 처박혀 있는 군용 자동차, 전차. 마을이 모두 불타버렸고, 일곱 교실 학교는 폭탄을 맞아 가뭇없이 무너져 흐트러졌다. 용솟음치는 꿈을 품고 처음으로 가르치던 곳. 한해 남짓 지내던 이 학교가 이렇게 되었다. 부서져 흐트러진 풍금을 본다. 아침마다 일찍 와서 익히고, 마치고 나서 익히며 무척 정이 든 61건 짜리 풍금. 묻힌 '리드'를 찾아 모았으나 빠진 것이 더러 있다. 지금도 가끔 꺼내 보고 그 오르간 모습을 생각한다. 리드 하나를 입에 대고 불어보면 그때 그 소리가 변함없다. 그리운 소리 그 아이들, 지금 일흔 살에 들었다.

무너진 골목길을 더듬어서 살던 집을 찾아갔다. 달포 전까지 살던 마을, 재를 안고 모두 퍼질러 있다. 감나무는 그대로 서 있고 가지 끝에 감 몇 개가 불그레 익었다. 파란 하늘이 내려다본다. 여름 방학이 끝나는 날 아침, 건너 지서가 있는 마을에서 콩 볶는 듯한 총소리에 놀라 뛰쳐나간 내 거처가 이렇게 되어버렸다. 무엇이 남아 있을까. 부질없이 재를 헤쳐 보았다. 책이 재가 되어 드러난다. 악보가 아련히 보인다. '작별(안기영)'이다.

　마을 밖으로 다니던 길을 가본다. 논밭에는 여기 저기 쓰러져 있는 주검, 잠개(연장이나 무기). 저쪽 물 마른 도랑 안쪽에 머리를 숙이고 가만히 앉아 있는 사람이 있다. 무엇을 하는가? 다가가도 아무 기척이 없나. 낯선 모자와 견장. 왼다리는 꼽치고 오른쪽은 좀 편 채 움직이지 않는다. 총에 맞았다면 옷에 핏자국이 있을 것인데 앞 뒤 어디를 살펴보아도 말라붙은 핏자국이라고는 없다. 인민군 차림을 한 군관이다. 곁에는 총, 바로 앞에는 샛노란 민들레! 그날이 시월 초닷새. 숨이 지는 그날에도 민들레가 피었던지, 씨가 다 떨어진 맨머리 꽃대가 있다. 부모 형제를 두고 떠나 이 마른 도랑가에서 아무 상처도 없이 죽었다. 마산을 점령하려는 마지막 공세에서 그들은 이렇게 죽은 것이다. 북녘에서도 민들레를 유심히 보았기에 이 싸움터에 핀 이 꽃을 보고 고향을 그리며 갔을 것이다. 이 민들레가 사무치는 꽃이 되어 가슴에 담고 갔는지 모른다. 눕지도 못하고 앉은 채로. 이 꽃을 내려다보느라 머리를 숙이고 있었구나. 나라를 찾았으나 남북으로 갈라지고, 이로 인해 강산이 피로 물들었다. 가련한 우리 겨레, 애달픈 우리 겨레.

　전쟁 전에 애창하던 '작별'을 반백년 세월이 지나서 도서관에서 찾았다. 피아노를 쳐본다. '오 내 사랑 오 내 사랑/ 어인일까 이 이별./ 푸른 동산 나무 아래/ 너를 보지 못하리./ 잘 가오 이 험한 길/ 기약 없는 이별이나/ 서로 맺은 굳은 맘/ 영원히 흐르리.' 북받치는 마음을 누를 수 없어 내 첫 임지인 그 곳을 찾아갔다. 새마을사업으로 도랑 모습이 좀 달라졌으나 건너는 길은 그 길이었다. 만감이 사무치면서 그 때 모습을 그린다. '푸른 언덕 흐르는 시내/ 고운 새들 지저귈 때./ 오 내 품에 안기는 그대/ 이제 어델 가려나.'

폭탄 한 발로 가뭇없이 부서진 그 학교가 이젠 다른 모습이 되어 있고, 강당까지 새로 생겨 덩그렇다. 세월이 갔으니 옛 모습은 볼 수 없고, 벚나무 몇 그루는 그때 그 나무인가 싶다. 이곳이 내 죽어서도 잊지 못할 첫 임지. '오 내 사랑 오 내 사랑/ 내게 준 그 맘과 뜻/ 이 내 가슴에 새겨/ 무궁토록 지키리.'

1960년 3월 15일. 산청군 금호교에 있을 때다. 자유당 정권은 마침내 섶을 지고 불로 들었다. 이승만과 이기붕을 찍었는지를 보이고 함에 넣는 이른바 공개투표를 하는 날이다. 그 정권의 손발이 함을 지키며 버티고 앉아 있다. 찍은 표를 편 채 코앞에 내밀고 함에 쑤셔 넣으며, '이 정권은 반드시 꺼꾸러질 것이다'고 목구멍까지 오르는데, 말을 못하고 밖으로 나간다. 못난 놈이 된 내 걸음이 제 걸음이 아니었다.

움이 돋고 새싹 트는 봄은 앞날을 바라보고 생기가 이는 철인데, 우리는 언제, 기쁜 봄을 맞이하여 삶이 나아가게 살아본 적이 있었던가. 봄은 오는데 어둡고 서러운 봄이었다. 세상이 어찌 될 것이며, 어디에다 뜻을 두고 살아갈 것인가. 아내와 어린 것을 데리고 집에서 가까운 양지쪽 잔디밭으로 갔다. 거기는 잔디가 고와 자주 와서 앉아보던 곳. 어두운 마음을 달래보려고 첩첩 산을 둘러본다. 찢어진 구름 사이로 내다뵈는 파란 하늘이라도 보고 있으면 어두운 마음이 씻어진다던데, 이 하늘과 산은 말이 없다. 산기슭에 옹기종기 모여 사는 초가 마을. 이 두메에 터전을 잡고 대대로 살아온 사람들. 오늘 이 투표가 앞날을 어떻게 판가름할지 모르고 시키는 대로 표를 찍어주고 무리무리 간다. 햇살이 따스하다. 이운 잔디 속에서 해를 보고 민들레가 피었다. 이 서글픈 날에 노란 민들레.

몇 해 전에, 길가에 피는 민들레를 아내가 캐어 와서 마당가에 심었다. 짓밟히며 자라는 이 들풀을 집안에 심어놓고, 들면 보고 나면 본다. 추운 겨울에도 해가 오르면 피었다가 저녁이면 오므린다. 좀처럼 오지 않던 눈이 남도 땅 이 고장에 반 뼘이나 내렸다. 온 세상을 모두 하얗게 덮었는데 민들레꽃이 어찌 되려는가. 다음날 햇살이 맑다. 한나절이 되어 눈이 녹는다. 이 여린 꽃이 철도 없이 추운 이 밤에도 눈 속에서 오므리고 있다가 덮은 눈을 밀어낸 듯 활짝 피었다. 둘레 땅이 눈물에 젖어 검빛인데, 샛노란 얼굴을 하고 보아줄 이를 바라고 피었다. 모진 추위에 피어났기에 그 빛깔 더욱 빛난다.

발길이 먼데서 피는 민들레는 꽃대가 훨씬 길다. 길가나 추운 겨울에는 짧고 눕는다. 밟히기 쉬운 곳에서는 더욱 노랗게 피어 쳐다보고 하는 말이, '짓밟지 말아요.'

(2004. 5)

81

버스를 타면

학교 근처에 버스가 머무르면 학생들이 무리지어 오른다. 밖에서 떠들다가 들어서서도 그냥 떠들어 댄다. 타고 있는 다른 사람은 아랑곳하지 않고 떠들고 싶은 힘이 나는가보다. 차가 가면 곧 머무를 곳과 다음 머무를 곳을 알리는데 알아들을 수가 없다.

버스를 타고 다른 사람들에게 누를 끼치지 않도록 함은 교복 입은 학생으로서 얼마나 아름다운 몸가짐인가? 학생들의 이런 몸가짐을 볼 때 어른들은 숙연해지고 내일을 믿는 힘이 더 날 것이다.

집에서 학교에서 사람 되게 가르친다. 철이 들면 스스로 할 수 있도록 가르치는 교육 말이다. 시험지에서 이런 문제를 내면 시끄럽게 떠들어야 한다고 대답하는 학생은 없을 것이다. 버스 안에서 조용히 함은 마땅한 몸가짐이니까.

어느 날 버스를 타고 가는데 한 곳에서 학생들이 많이 탄다. 타자마자 끼리끼리 서로 보고 막 떠들어 댄다. 무슨 말인지 알아들을 수가 없는데, 좀 조용해질까 기다려 보았으나 그칠 기미가 보이지 않는다. 버스가 머무를 곳을 말하나 도무지 알아들을 수가 없다. 운전자가 차 안 방송으로 한마디 할만도 한데 안 한다. 우리 교육이 이렇구나 하고 가만히 보고 있다가 헛기침을 한번하고 내 입술에 손가락을 대고 아이들을 둘러보았다. 아이들이 눈이 똘래똘래 하면서 조용해진다.

버스가 머무를 곳을 알린다.

"이번 정류장은 공무원 연수원 입구입니다. 다음 정류장은 사격장 입구입니다."

차를 탄 누가 들어도 거북스럽지 않은 우리말이어야 하는데 이 알림말에서 걸림돌이 되는 말이 '정류장(停留場)'과 '입구(入口)', 또 차표를 가지고 돈 통에 대면 대답하는 말 '감사(感謝)합니다'이다.

우리나라가 왜놈들에게 나라를 잃고 숱한 괴로움을 겪었다. 빼앗기고 죽고 이루 말할 수 없는 짓밟힘을 받았다. 그런 판에 우리말을 못하게 하고 저들 왜말을 國語(고꾸고)라 하면서 익히도록 했다. 우리 겨레를 없애려는 짓이었다. 겨레가 말을 잃으면 그 겨레는 저절로 없어지는 것을 왜가 알고 있었으리라.

광복을 맞았다. 그러나 왜놈 앞잡이로 설치던 '조선왜놈'을 그대로 두고 이들을 다시 대한민국 나리로 앉혀서 백성을 다스리게 했다. 이들은 왜놈한테 배운 왜한자말을 그대로 조선한문 소리로 읽었다. 그 숱한 왜한자말이 이들로 인해 한국말로 둔갑해 본디 있는 우리말을 짓밟고 있는데 停留場(데이류죠-정류장), 入口(이리구찌-입구), 感謝(간샤-감사)가 그것이다.

우리말로 하자면 '머무르는 곳', '들머리', '고맙습니다'고 말해야 한다. 우리 겨레 얼이 스며있는 우리말이다. 왜놈한테 짓밟힌 세월이 서른다섯 해. 나라를 되찾고 예순다섯 해. 아직도 맑히지 못하는 우리말! 왜 맑히지 아니하는가? 우리말은 부려지는 백성이 하는 말이고, 중국을 섬기던 그때부터 한문말은 지체 높은 상전 말로서 백성말을 짓밟아왔다. 왜놈한테 배운 國語(고꾸고-국어)는 겨레를 없애려고 우리말을 짓밟은 말이었다. 이렇게 짓밟힌 우리말-백성말-겨레말을 나라말로 높일 수 있어야 우리 겨레는 나아간다.

알림말을 고치면,

"이번에 머물 곳은 공무원 연수원 들머리(앞)입니다."

"다음 머물 곳은 사격장 들머리입니다."

차비를 받아서 고마우면 "고맙습니다"고 하면 된다.

우리말을 맑히는 새 기운을 내자.

(2009. 7)

소벌늪

말로만 듣던 '우포늪'을 처음으로 가보았다. 아는 이가 창녕 가는데
함께 가기를 청해 따라 갔다가 이 늪을 구경했다. 나무벌뚝에서 더 가
지 못하고 둑 들머리에 세워놓은 알림판을 보며 한 바퀴 둘러보는 것
으로 대신했다.

알림판 글을 본다. 차오르는 설렘으로 그 글을 다시 읽었다. 우포가
소벌이고 우항산이 소목산이며 목포는 나무갯벌, 줄여서 나무벌, 사
지포는 모래벌이다. 쪽지벌이 그대로 있지 않은가?

오늘 이 걸음을 하지 않았더라면 우리말 이름을 모르고 지냈을 것
이다. 세상에 들난 이름이 '우포'라 하니 그 이름을 따라 일컫지 않을
수가 없겠지. 그런데 이 고장에서 땅 갈고 열음짓고 살아온 옛 한아비
들이 이름 지어 일컬어온 '소벌늪'을 여기와 알았으니 너무 늦었다.

백성이 이름 지어 일컬어온 우리말 이름을 한문 글자로 고쳐 말하는 무리가 누구인가? 백성을 부려온 양반 사대부들이 아닌가? '소벌늪'은 천한 백성이 지은 이름이기에 한문 알고 지체 높은 그들은 백성말 '소벌늪'을 그대로 말하고 적을 수가 없었다. 떠받들고 섬기는 한문 글자 牛浦, 牛項山, 木浦, 沙池浦라 해가지고 우리말을 짓밟고 나라말로 올려 그 세월이 흘렀다. 이 늪 둘레에서 살아온 이 고장 사람들 말 '소벌늪.' 그러나 한문 글자말이 나라말로 오르고 다른 나라에까지 퍼져버렸다.

나무벌뚝에서 바라본다. 소벌늪이 생긴 내력과 함께 이 늪 둘레에서 살아온 백성. 소벌늪은 이 고장 사람들이 살아온 터전이고 역사다. 짓밟히고 있는 백성말을 나라말로 올리지 못한 우리가 겨레 역사에 죄를 짓는 것이다.

올(2008) 가을에는 '람사르'라는 모임을 우리 창원에서 베풀게 되었는데 다른 나라 사람들이 이 소벌늪을 구경하고 돌아갈 것이다. 그런데 그들은 이 늪 이름을 '우포늪'이라 알고 왔으니 '소벌늪'이라는 아름다운 우리말 이름이 있는 줄 알기는 할까?

'소벌늪'으로 바로 고쳐놓지 못한 나리들. 그 까닭이 무엇인가? '대한민국은 민주공화국이다'라고 명토를 박아놓았다. 우리나라 임자는 백성이라는 말이다. 백성은 어떤 무엇으로부터도 눌리거나 짓밟히지 않아야 하는 바로 나라이다. 그 백성 힘이 짓밟히지 않는 우리말에서 나오는데 이를 모르고 있었던가?

'우포'가 '소벌'을 짓밟고 긴 세상이 흘렀다. 백성말이 짓밟힘으로 써 백성이 짓밟힌 기나긴 세월이다. 빼앗긴 나라를 찾고 예순세 해가 지나도록 백성말(우리말) '소벌늪'을 나라말로 올리지 못하면서 백성을 받드는 나라살림을 다스렸던가? 우리말(백성말)을 살려서 나라말로 올리면 백성은 저절로 힘이 나고 힘이 모인다.

나라살림을 맡아보는 나리들은 이 '소벌늪'을 보고 깨달아야 한다. 이 고장 사람들이 이름 붙여(소벌늪) 살아온 오랜 역사를 짓밟는 것은 그 백성을 짓밟는 것임을 깨닫지 못하면 이 나라 앞날은 어둡다. 지금까지 지내온 그대로 다스리면 된다는 생각에서 깨지 못하면 우리나라는 딴 나라한테 끌려가며 사는 판을 벗어날 수가 없다. 죽지 않고 살아있는 우리말부터 먼저 챙겨 나라말로 올리고 새로 짓는 이름을 우리말로 해야 백성이 생기가 일고 백성을 받드는 세상이 될 것이다.

우리말이 바로 서야 나라가 바로 선다.

(2008. 8)

아, 육이오사!

　아침 거닐기로 차 두는 넓은 마당으로 가본다. 짐차들이 많다. 한쪽에서는 아주 큰 차에서 짐을 내려 딴 차에 옮겨주는 일을 한다. 큰 차에는 ㄴ 회사 이름이 커다랗게 붙었다. 공장에서 만들어낸 먹을거리를 싣고 와서 도매차들에게 나누어준다. 짐을 받아 싣고 갈 도매차들이 뒤를 가까이 대놓고 내려주는 짐을 받아 싣는다. 머리를 내밀고 큰 차 안을 들여다본다. 짐이 꽉 찼다. 이곳을 물류기지로 삼는구나!

　포장을 까서 옆으로 던져내는데 한 할머니가 손수레에 차곡차곡 싣는다. 옮겨 다니는 이 물류기지를 단골로 따라다니며 주워 모은 종이 상자를 팔아 중풍 든 영감을 수발한단다.

　거리를 다니는 짐차야 흔히 보지만 공장에서 싣고와 도매차에 풀어주는 모습을 보기는 처음이다. 이리하여 사람들 입으로 팔려 들어가는 것이 새삼 신기해서 구경하는데 도매차 주인인 듯 싶은 한 아낙네가 "뭐예?" 한다. 할일 없이 기웃거리는 내가 열없게 보인 모양이다. 이들은 대놓고 하는 일이지만 나는 처음 보는 구경이지. 좀 무안해서 무어라고 대답을 해야 할 판이다.

"네! 막 받아 싣네요!" 하면서 큰 차번호를 보니 '아 6254'.

1950년, 그때 교직에 있었다. 피난민이 남으로 남으로 힘없는 걸음으로 지나갔다. 학교는 방학이었고 어두워지면 학교로 몰려들어 마룻바닥에서 자고 날이 새면 남쪽으로 떠났다. 며칠이 지나자 피난민이 뚝 그쳤다. 그 다음날 이른 아침, 지서가 있는 건너 마을에서 콩 볶는 소리가 났다. 쳐들어 왔구나! 막 뛰었다. 위험을 무릅쓰고 빠져나간 것이 산길이었다.

피난 한달 남짓, 전선이 북으로 물러나 수복해 살던 곳으로 걸어서 간다. 길가에는 처참하게 죽어 있는 주검. 지나가는 마을들이 잿더미로 타버렸다. 산기슭에 논바닥에, 얼굴을 외면할 수 없이 보아야 했던 그 주검! 자동차며 탱크가 길가에 수없이 처박혀 있다. 전쟁, 몸서리나는 전쟁.

전쟁이 터지자 보도연맹 사람들이 돌아오지 못했다. 고향 마을에는 외아들을 둔 집이 있었는데, 장가도 못 들고 있다가 붙들려가서 어디로 갔는지 모른다. 명절 때 가서 인사를 하면 앞 못 보는 눈으로 아들 이름을 부르며 '우리 도희 언제 오노'하면서 서럽게 운다. 그 노인을 찾아가는 사람마다 눈물을 닦으며 돌아선다.

왜놈한테서 광복을 맞았으나 나라가 갈라지고, 갈라지지 않는 나라로 정부를 세워야 한다고 외치던 인물은 암살되고, 마침내 비극이 일어나고 말았다. 그로부터 겨레는 다시 하나 되는 길을 가지 못하고 광복 64년을 맞는 이날 아침에 '아 6254'를 본다.

하필이면 이 번호를 탔을까? '아 6254'를 붙이고 온 나라를 누비고 다니면서 서러운 우리 비극사를 되새기는 노릇을 하겠구나! '6254'를 겪은 사람들은 이제 얼마 남지 않았다. 갈라진 세월은 흘러만 가고 그때를 겪지 못한 사람이 불어나서 살기 바쁘고 옛 이야기로 흘러간다. 복받쳐 오르는 설렘을 참지 못해 차번호를 가리키며 소리쳤다.

"아 육이오사!"

젊은이들이 쳐다본다. '이 바쁜 아침에 이상한 사람이네!'

한 젊은이가 알아차린다.

"우리나라 남북 전쟁, 육이오死 아이가!"

얼굴빛이 무덤덤한 딴 젊은이들. 그때 태어나지도 못한 사람들이다.

힘센 나라가 해방시킨 값으로 남북으로 갈라놓고, 너희 마음내로 통일 못한다는 마름쇠를 쳐놓더니 마침내 '아 625死'가 터진 것이다. 전쟁 3년 한 달 사흘, 수백만이 죽었다. 그렇게 죽어서도 남북이 길을 터고 통일의 빛이 안 보이는 반백년 세월이 흘렀다.

한 많은 우리 겨레, 피맺힌 역사. 나도 그 전선 포연 속에서 살아남았기에 그 세월을 겪은 응어리를 이 아침에 되새긴다. 얼마 남지 않은 내 세월에 한 겨레 한 나라로 되는 것을 보고 가는 것이 소원이다. 세월이 갈수록 허망한 이 세상, 그 아픈 역사를 겪지 못한 사람들은 먹고 사는 일에 매달려 통일은 우리가 할 일이 아니라며 지내는 것인가? 아 6254, 이 갈라진 나라를 어찌할 것인가?

(2009. 8)

물

　태초에 땅덩이가 생기고 물이 있었다. 뭍(육지)과 바다가 이루어지고, 비가 내려 땅을 적시니 뭍에서도 산 것이 생겼다. 산 것이 안 산 것에 붙어 물을 얻어 살면서 새끼를 치고 불어났다. 땅에 뿌리를 내리고 사는 푸나무와 움직이며 사는 짐승과 벌레가 생긴 꼴과 살아가는 모습이 종내기에 따라 다르게 되어 산다. 산 것이 물에서 태어났기에 몸에 물을 가지고 산다.

　사람이 새끼를 밸 때 그 씨(정자)가 물을 타고 난자에 붙어 아기집(자궁)에 이른다. 목숨을 부지하는 피돌기도 물이 실어 나른다. 눈을 깜짝일 때, 여문 것을 입에 넣고 씹을 때 물(침)이 나오지 않고는 될 수가 없다. 아기집에서 자라는 아기도 물에서 놀고 자라며 어미 몸에서 나올 때도 머리물이 터지고 그 물을 타고 나온다. 우리 몸이 열에

일곱이 물이다.

태초 물이 어버이 몸에서 태어 받아 내가 낳은 자손에게 이어주며 내 사는 동안 내 몸에 머물렀다가 본디 물로 돌아간다. 땅에 있는 물이나 구름이 되어 비로 내리는 물이나 신성스런 영령이 있다. 치성을 드릴 때 올리는 정화수는 땅에서 나는 샘물로 가장 신성하게 여긴다.

흐르는 물을 보면 근원을 모르기에 물 앞에 서면 궂은 마음도 맑아진다. 돌멩이와 바위에 부딪히면서 흐르고 낭떠러지에서 산산이 부서져 흩어져도 다시 만나 흐른다. 좁은 데서는 서두르고 넓은 데로 나가면 한가롭다. 산 것들에게 젖이 되고 넓은 바다로 간다. 서두르며 흐르는 물소리를 들으면 어린 것을 재워놓고 나갔다가 돌아오는 어미 몸짓이요, '옴마아 옴마아'하고 잠깨어 울부짖는 어린 것이 지르는 소리로 느껴진다. 산골에서 흐르는 물은 언제 보아도 맑다.

괴어 있는 거무죽죽한 물을 본다. 온갖 더러운 것을 품어가지고 맑아지고 싶어 냄새를 낸다. 스스로 맑아지지 못하는 애달픔이 물속에 어룽져 보인다. 어두운 물.

맑고 넘실넘실 물결치는 동해와 남해와 서해가 내 조국을 둘러싸고, 빼어난 땅에 사는 배달겨레는 그 맑은 샘물을 마시며 긴 역사를 이루고 사는데, 어이하다 마름쇠로 남북으로 갈리어 숱한 주검과 핏물이 이 바다로 흘러갔는가? 오도 가도 못하는 이 어두운 땅에 더러운 물이 끊임없이 흘러든다.

땅 갈아 열음짓고 살던 세상에는 물이 더러워질 수가 없었다. 낙동강물이 맑았다. 큰비가 와서 헐벗었던 산의 황토물을 실어다가 흘러

가도 비가 그치면 이내 맑아져 넘실넘실 흘러갔다. 지금은 그 물이 아니다. 이 물을 끌어다가 온갖 약품으로 거르고 맑히고 머나먼 대롱을 지나서 집안에 들어오나 그 물 그대로 마시지 않는다. 내 어렸을 적 고향 당산골 샘물이 늘 그립다.

낙동강아! 그 많은 피와 주검을 안고 흘러간 낙동강아! 수많은 목숨이 이 강물에 떠내려 어디로 갔나? 어디서 애달프게 울고 있는가!

전에는 저절로 괴어서 샘물이 되어 흐르는 물을 그대로 퍼마시고 살아도 아무 탈이 없었다. 그러나 요즘은 땅속 깊이 뚫어 자아낸 물도 더럽지 않다고 믿는 사람이 드물다. 땅거죽에서 더러워진 물이 땅속으로 스며들고, 억지로 그 고인 물을 빨아올린다. 그러니 그 물이 제대로 된 물이겠는가?

북극과 남극에 있는 얼음이 녹는다. 땅덩이를 둘러싸고 있는 공기가 더워져서 이렇게 된다고 하니 땅속 깊은데 있는 기름을 뽑아 태워 쓰고 일어난 재앙이 아닌가?

마산만 바다에는 물고기가 없어졌다. 검은 물빛과 더러운 냄새. 사람이 쓰고 버린 물이 만고에 출렁이는 맑은 바다를 이렇게 해놓았다.

승용차를 모조리 없애고 대중교통을 타면 숨 좀 쉴 수 있겠다. 길 양쪽에다 빈틈없이 세워놓은 차, 차 다니라는 길인가? 차 두라는 길인가? 주택가 길거리가 확 트인 차 없는 세상을 살아볼 수는 없는가? 두발거(자전거)를 타고 다니면 더럽고 역겨운 냄새를 안 맡을 수가 없다. 차타고 다니는 저들은 창문을 쳐닫고 다닌다.

내게는 차가 없고 거가 있다. 이 거는 내 쇠말이지만 이 두발거를 타면 시내 어디든지 간다. 두발거를 타고가면 곁을 지나는 사람 모습도 보고 얼굴도 본다. 한 늙은이가 걸어가는데 양다리가 밖으로 굽어서 양무릎 사이가 벌어졌다. 젊어서는 아이를 짜다라(많이) 낳고 바쁠 때는 산후조리도 못하고 밭에서 쪼그리고 앉아서 김매고 일하느라 얻은 골병이 아닐까? 뒤에 태우고 싶은데 말이 안 나오더라. 같은 쪽으로 가는 이 좋은 넓은 나무그늘 길에, 지나서 생각하니 미안했다.

두발거, 거의 날마다 일보러 다니다가 비가 오면 버스를 타고 바쁠 때면 택시를 탄다. 길가에서 손만 들면 곁에 와서 선다. 내 가고 싶으네를 잘 태워주는 이런 편한 차를 두고 무엇 때문에 차를 사가지고 세상 공기를 더럽히는가? 신호등에 걸려서 기다리는 동안에 차비가 올라가는 것이 좀 얄미운데 택시가 하도 벌이가 안돼서 그런다네.

식구 수대로 차를 사들여 남의 집 앞에까지 대놓고, 네 폭 찻길이 두 폭이 되어 앞차를 채려고 마주 오는 차선으로 들어간다. 환장한 짓이 아닌가? 한길에 차를 세워놓지 못하게 하는 수밖에 없다. 그리하면 길이 훤하고 공기가 맑아지고 냄새 안 나고 좋겠다.

지금 한창 여름, 푸나무가 장마를 맞아 제 멋대로 푸르다. 밭에 심어놓은 고구마가 자고나서 가보면 잎이 펄펄하고 줄기가 잘 벋어간다. 한날 아침에 가보니 노루가 와서 잎을 다 따먹었다. 하 참. 사람들이 산에 가서 삐대고 소리 질러대니까 내려와서 먹어대는가? 나는 산에 안 가는데, 좀 모르네! 세상에서 가장 맛있는 것이 이 고구마다. 더러운 공기를 쉬고 살면서 이 고구마를 끼니마다 하나씩 먹으며 피를 맑히며 지내는데.

물! 산 것을 살아가게 하는 참으로 거룩한 것이다. 싸움터에서 피를 흘리며 죽어가는 병사가 안 죽으려고 찾는 한 모금 물, 물이었다. 그가 마지막으로 소원하는 그 물이 있었더라면 죽지 않았을 것이다.

사람이 만물의 영장이라고? 천지간에 사람이 가장 귀하다고? 사흘 동안 물기를 못 먹으면 죽는데 물보다 귀한가? 태초부터 물이 있었고 그 물은 변함없다. 인류가 멸망하더라도 물은 그대로 있을 것이다. 과학이라는 것이 사람살기 편하도록 한다고 온갖 더러운 것을 내버리고, 힘센 나라에서 만들어놓고 겁주는 핵무기는 언젠가는 터지고 말 것이니 태초부터 있었던 이 물도 마침내 더러워져서 산 것이 다 죽거나 뒤틀어지고 말 것이 아닌가.

(2007. 7)

조선왜말

올해가 2007년. 나라 찾고 예순세 해다. 왜놈 앞잡이는 배고픔을 모르고 지냈다. 빼앗아가고 두들겨 패고 왜놈 힘에 기대어 권세를 부렸다. 백성들은 먹을 것이 없어 굶주렸고 떠돌아다니다가 배가 고파 죽었다.

짓밟히며 사는 백성은 이놈들을 '조선왜놈'이라 했다. 그들은 '징용'에도 안 갔고 '보국대'도 안 갔다. 징용과 보국대와 처녀공출을 뽑아 들였으며 지원병과 징병으로 끌어들이는 나팔을 불었다. 조선왜놈 집에는 먹을 것이 푸졌다. 광복이 되고 보니 걷어간 놋그릇이 짜다라 있었고 그 귀한 설탕이 고방에 있었으니.

광복이 되고 조선왜놈이 숨었다. 짓밟혔던 백성이 조선왜놈을 찾아 짓밟힌 응어리를 풀려고 했다.

38선이 생겼다. 아메리카군(미군)이 들어와 군정이 시작되었다. 왜정이 다스리던 행정을 그대로 이어받으며 조선왜놈을 다치지 못하게 했다. 조선왜놈을 벌주어 민족정기를 바로잡는 일을 못하고 말았다. '개판'이라는 말이 이 때 퍼졌다.

왜는 '아메리카'를 '亞米利加'라 썼고 '米'자만 따서 '베이'라 읽고 '베이고꾸(米國)'라 했다. '베이에이(米英−미국과 영국) 게끼메쯔(擊滅)'를 조선왜놈이 외치고 다녔다. 미군이 들어와 조선왜놈이 보살핌을 받게 되니 이 쌀 미(米)자가 아름다운 '美(미)'로 바뀌어 아름다운 나라 '美國(미국)'이 된 것이다.

조선왜놈을 맑히지 못한 그 '옳'이 어찌 되었는가? 다시 힘을 잡은 조선왜놈은 백성들이 하는 우리말은 짓밟힌 말이므로 왜놈한테 배운 왜한자말을 조선한문소리로 읽고 지체를 달리 했다. '조선왜놈'이 만든 '조선왜말'이 이런 내력으로 예순세 해 세월이 흐르며 우리말을 짓밟고 있다.

우리말을 다루는 갈말(學術用語)이 짓밟힌 왜정 때부터 일고 퍼졌다. 우리말본−國語文法(고꾸고붐뽀오), 낱말−單語(당고), 글월−文章(분쇼)……를, 왜놈한테 배운 한자말을 조선한문소리로 읽어놓는 것이다.

낱말만이 아니다. 말꼴을 왜말꼴로 하는데 왜말 '노(의)'를 마구잡이로 끼워 넣어서 '나의 살던 고향은'이라 하고, 날씨를 알리는 말이 '오늘 날씨' 이래야 우리말인데 왜말꼴로 '오늘의 날씨'라 한다. '주민신고의 집'이라고 써 붙인 글 판때기가 있는데 무슨 말인지 알 수가 없다. '창원의 집'이 있다. 이 현판을 보면 창원에 이 집만 있나? 숱한 집이 있고 우리 집도 있다 말하고 싶다.

달력을 보면 이름 붙은 무슨 날이 쉰이 넘는데 '~의 날'이 서른한 날이다. 납세자의 날, 상공의 날, 기상의 날……. 설날, 어린이날, 어버이날, 한글날만은 '~의 날'이 아니다.

수필 쓰는 이들이 모여 푸대접받는 수필을 대접받도록 하려고 '수필의 날'을 정했다. '~의 날'이 또 하나 생겼다. 이름을 붙이려면 '~의 날'이라 하지 말고 '수필을 기리는 날'이라 했으면 좋겠다.

니라 찾은 세월이 예순세 해. 짓밟은 놈들에게 배운 말꼴을 아무 부끄러움 없이 그대로 쓴다.

한 시인이 쓴 시에 '을사보호조약'이 있었다. 책으로 내면서 '을사보호늑약'이라는 말로 바뀌어 나왔다. 이 시인은 이 '보호'라는 말을 버리지 못한다. 우리 역사를 우리 눈으로 보지 못하고 쳐들어온 놈이 가르친 그대로다. '민비' '이조' '부락' 이런 말을 버리지 못함은 짓밟힌 역사를 몰라서 그럴까? 그렇다면 한심한 일이다.

수순(手順-데준), 담합(談合-당고우), 지분(持分-모찌붕), 피부(皮膚-히후), 축제(祝祭-슈꾸사이), 말을 들자면 수없이 많다. 한문 글자로 된 왜말을 조선한문 소리로 읽으면 우리말이 되는 줄로 안다. 우리말은 짓밟힌 말이요, 왜말은 상전말이기 때문에 우리말은 힘이 없다는 생각을 하고 있는지 모른다.

'조선왜말'로 지껄이는 무리는 누구인가? 배운 사람들이다. 배움이 깨지 못하면 우리를 알지 못한다. 겨레말을 찾아 살아간다는 것은 겨레가 스스로 사는 길을 열어가는 것이다. 우리말을 맑혀 거레다운 삶을 살아갈 때 거레 얼을 바로 가지는 것이다.

위에 보기를 든 말들은 우리말로 하면, 手順－일 차례, 談合－서로 짜고, 持分－몫, 皮膚－살갗. 왜는 祝日－슈꾸지쭈와 祭日－사이지쭈를 아울러서 축제, 祝祭－슈꾸사이라 하는데 어떤 사람은 festival을 옮긴 말이라고 한다. 그렇다면 어째서 왜말을 타오는가? 무슨 연극 축제, 무슨 예술 축제, 연극하고 예술하는 판에서 절하고 제사를 지내는가? 우리말이 없어서? 시시해서? 우리말이 아니라야 고상해 보이는가?

'잔치'라는 우리말이 있다. 사람들이 모여서 경사스러움을 우러내는 기쁨이요, 즐거움이 아니던가? 진달래축제? 철쭉축제? 진달래 꽃밭에 가서, 철쭉 꽃밭에 가서 절하고 제사 지내는가? 미친병이 들어도 예사로 든 것이 아닌가싶다. 진달래꽃잔치, 철쭉꽃잔치, 노래잔치, 춤잔치. 말을 하고 글 쓰는 이들이 우리말을 빛낼 일이 아닌가?

우리나라 젊은이들이 아프가니스탄에 갔다가 반정부 세력 달레반에게 잡혀 있다. 이를 '인질(人質)'이란다. '볼모'라는 우리말을 아는가? 모르는가? 예순세 해 전까지 우리를 짓밟았던 왜말 人質－히도지찌를 조선왜말로 한 것이다. 왜는 시방 엄청난 '잠개'를 갖춰놓고 힘을 뽐낸다. 맑히지 못한 조선왜놈으로 하여 우리말 '볼모'를 두고 왜말 인질(人質)을 타다 쓴다. 그 속뜻이 무엇인가? 인질과 볼모가 뜻이 다른 말이라고 말하는 대학 교수를 보았다.

나라 잃은 서른다섯 해, 나라 찾고 예순세 해. 거레 줏대를 바로 세워 왔더라면 말이 이 지경으로 되지 않았을 것이다. 나라가 갈라져서 이렇게 사는 것이 후손들에게 무슨 면목이 있으며 우리말조차 찾아 가꾸지 못하는 이 부끄러움으로 무슨 낯으로 이 세상을 살았다고 할 것인가?

(2007. 8)

줏대

옛날 중국땅에 있던 당, 송, 명나라를 조선 사람들이 '대국(큰나라)' 이라 섬기면서 그 나라로 '들어간다'고 했다. 대국은 힘 센 나라, 큰 나라였다.

공맹과 성리학이 한문을 통해 들어오니 한문 글자 그것이 천하의 진리인 듯 섬겼고 그 글자와 더불어 우러르는 나라가 되었다. 세종께서 한글을 펴고 백성이 눈을 뜨게 되는 새 세상이 열리게 되었으나 앞을 내다보지 못하는 닫힌 무리들은 백성을 부리는 힘을 쥐고 백성이 깨지 못하게 다스렸다. 부려지는 백성이 한문이 무슨 소용이었던가? 나라 바탕인 백성이 그 백성말인 우리말을 가지고 나라를 다스리는 힘을 삼아야 하는데 이 길을 알지 못하고 대국글(한문)에 눌린 세월이 가면서 나라는 줏대를 잃었다.

동쪽 섬나라 '왜'가 일찍이 힘을 추스르더니 힘을 잃고 자빠져 있는 조선을 앗아갔다. 나라를 한하고 왜놈의 총칼 앞에 백성은 떨고 굶주렸다.

억눌린 세상에서 백성이 이래 죽으나 저래 죽으나 들고 일어나 나라를 깨우치는 힘을 보인 일이 지난 역사에서 더러 있었으나 줏대 잃은 무리는 이 깬 백성을 잡아다가 처참하게 죽이고 저들 일신보전을 위할 뿐이었다.

왜가 이 땅을 침노하고 백성의 피땀을 짜내어 배부르게 쳐먹었다. 마침내 겨레 얼을 지워버리려고 '우리말'을 없애며 저들 말(왜말)을 '국어'라 칭하며 이 땅에 심어놓았다. 광복을 맞은 지 예순세 해, 우리말을 짓밟고 있는 왜말이 얼마나 많은가? 나라 찾고 왜놈 앞잡이로 설치던 '조선왜놈'을 그대로 두었으니 왜놈한테 배운 숱한 말들을 '맑히'지 못한 채 '조선왜말'이 우리말 속에서 상전 노릇을 하고 있다.

그때 일본으로 간다는 말이 '일본으로 들어간다' 했으며 조선으로 돌아오는 것을 '조선으로 나온다'고 했다. 시방도 일본으로 들어갔다가 나온다는 말을 흔히 들을 수 있다. 조선은 짓밟혀 못사는 나라 잃은 땅이요 일본은 상전된 땅이기에 '일본으로 들어가서' 공부하여 배우고 '조선으로 나오면' 지체를 갖고 으스대고 거드름피우며 지냈다. 돈도 벌고 백성들 보다 잘 살았다.

집은 사람이 깃들고 찾아드는 보금자리이듯 나라는 겨레가 깃들고 사는 보금자리다. 우리 한아비부터 오랜 역사를 이어왔고 내가 이 땅

에 태어났으니 이 땅 말고 내 한배나라가 어디 있겠는가? 나를 태어
나게 한 고마운 어머니나라 우리 땅. 슬프고 아픈 내력으로 살지만 정
들이고 살면서 이 땅 이 나라를 아끼며 다 함께 잘 살기를 바란다.

배달땅 한배나라 백성으로 태어나 괴롭고 아픈 세월을 겪으면서도
살아있는 우리말로 겨레얼을 얽고 지낸다. 이 땅에 밝은 빛이 있다면
죽지 않고 살아있는 아름다운 우리말이다. 세월이 갈수록 이 빛이 흐
려지는데 그 까닭은 딴 나라 말글이 우리말을 억누르는 조짐이다. 갈
수록 드세어가는 아메리카(미국)말. 우리 말글이 갈수록 짓밟혀 저들
말글을 아무리 쳐들고 써도 나무라는 일이 없다. 줏대를 잃으면 우리
말이 죽어간다.

피를 흘려 나라를 찾았으나 그 값은 갈라진 나라다. 왜놈 앞잡이가
되어 설치고 잘 살던 조선왜놈이 미군정 아래에서 다시 행세했다. 백
성을 짓밟던 권세는 새로운 상전 밑에서 행세하고 지냈다. 섬기는 나
라가 바뀌었을 뿐이다.

삼팔선으로 나라를 갈라 놓으므로써 숱한 백성이 죽었다. 나라가
갈라지고 예순세 해. 이 한 서린 역사를 외면하고 지내는 무리는 누구
인가?

대대로 농사를 지었어도 빼앗기고 배곯아, 살길을 찾기 위해 이고
지고 나라를 떠났다. 먼 땅 다른 나라. 박대와 천대를 받았다. 나라 잃
고 떠도는 백성. 이들이 모여 사는 마을 우물에 되놈들이 똥을 넣어
물을 못 먹게 하더라는 서러움. 조국을 잃은 백성이 겪은 이 서러운
이야기를 짓밟힌 세월을 지낸 우리이기에 목 메이지 않고는 들을 수

없다.

나라 찾고 예순세 해다. 이 긴 세월에 나라는 갈라진 그대로, 갈라진 한겨레를 서러워하기보다 갈라진 그대로 편하게 잘 사는 것이 좋다는 '갈라짐'에 길들어가는 서글픔.

중국을 섬기던 말이 '대국(큰집나라)'이었으매 대국으로 들어갔다가 작은 나라 조선으로 나왔고, 이 땅을 앗아간 왜(일본)땅으로 들어가서 배우고 조선으로 나왔으며, 광복이 되고 나서는 미국(아메리카)으로 들어가 보고 배워서 우리나라로 나온다는 것이다.

우리나라에서 제법 내로라고 거들먹거리는 사람이 '우리나라'가 아닌 '저희나라'라고 지껄이는 것을 더러 본다. 숱한 나라에다 군대를 보내 머무르는 '제국'이 우리나라에서도 머무르고 있으니 받들고 섬길 나라로 여기는 마음에서 나오는 소리일까?

가게 이름, 회사 이름, 마을 이름을 영어(아메리카말글)로 하고, 입는 옷, 쓰는 물건 어디나 영어다. 초등학교부터 영어로 가르치고 영어만 하고 사는 마을을 만드니 이 갈라진 나라가 앞으로 어찌 될 것인가?

어린 아이들이 우리말을 제대로 배우지 못하면, 아름다운 우리말을 어떻게 느낄 것인가? 얼빠진 겨레, 얼이 빠지면 줏대를 잃고 속이 없는 빌붙는 겨레가 될 수밖에. 줏대는 우리 겨레말인 배달말에서 온다. 이 얼이 없어지면 배달겨레는 저절로 없어지는 것이다. 왜가 우리 얼을 없애려고 왜말을 심었는데 그 씨가 '조선왜말'이 되어 나라말에서 상전 노릇을 한다.

'저희나라 사람이 미국(아메리카)에 들어가서 잘 배우고, 한국에 나

와서 잘 베푸는 것입니까?'

(2008. 7)

중 백 발 백

　세상에 발이 하나 뿐인 짐승이 있는지는 알 수 없다. 기형으로 태어나거나 다쳐서 한쪽 다리가 잘려나가면 발이 하나로 살 수밖에 없다. 길짐승은 앞뒤로 둘씩이고 벌레는 발이 많아서 잘 긴다. 네 발 짐승이 진화해 뒷다리로 서게 되면 앞발은 손이 된다.

　아이가 태어나 자라는 모습을 보면 원시동물이 진화 발달하는 과정을 짐작한다. 누워 자라다가 엎어지고, 기고, 앉고, 서고, 걷고, 달린다.

　사람이 발이 하나라면 어찌 되겠는가? 특정 종교를 믿는 사람 중에 발이 하나인 사람이 있는 모양이다. 사람이 많이 드나드는 어떤 집 들머리 큰 바위에 '중 백 발 백'으로 읽도록 새겨놓은 글이 있다. 나는 지나가면서 이 글을 손가락으로 가리키며 '중백 발 이백'이라고 소리

내어 읽는다. 누가 내 소리를 듣고 뭐라고 하면,

"중이 백이면 발이 이백이라야 옳지 않소?"

세상에 글을 어떻게 적어야 하는지 분간을 못하는 나리가 거들먹거리며 새겨두고 보라는 글이다.

이 '중 백 발 백'글을 1983년 10월 15일에 그때 도지사 이 아무개가 썼다. 뒤쪽에는 일본에 사는 경남도민회원들 이름이 있고 앞쪽에는 이 빗돌을 세운 내력을 적었다. 왜놈한테 나라 잃고 살길을 찾아 일본으로 끌려가서 모질게 부려지면서 시달려 살아온 우리 겨레. 이들이 고국 땅에 돌아오지 못하고 떠나온 나라를 그리워하며 푼푼이 낸 돈으로 세운 기념비다. 우리 고장 경남에서 간 사람들이 일본 어느 곳에 살면서 성금을 누구누구가 냈다고 새겼다.

이 글을 한글로 썼더라면 이리 되지 않았을 것을 권위 있고 유식해 보이려다 웃기는 글이 되고 말았다. 지나다가

"중 백 발 백, 아니지 중백 발 이백."

그 밑에 새긴 글이 한문 글자와 한글로 172자인데 한글은 겨우 64자 뿐이다. 아주 한문으로 쓰고 싶은데 한문으로 쓸 만큼 유식하지 못했나보다.

우리 한글이 언제 만들어졌더냐? 540년이 지난 이제까지 한문 글자를 떠받들고 한글로 쓸 줄 모르는 도지사 나리. 이러니 우리말 우리글이 어찌 나아가며 백성이 힘을 내겠는가? 돌에 새긴 글이 길이길이 남게 되는 줄만 알았지, 한글이 왜 만들어졌는지를 모르는 도지사 나리였다.

왜놈한테 나라 잃고 식민지로 짓밟혔다. 백성을 섬기고 우리 겨레 얼을 배고 있는 백성말(배달말)을 나라말로 올리고 한글로 그 말을 적어서 나라를 다스렸더라면 백성은 눈을 뜨고 힘이 나서 나라가 나아가 어떤 나라도 범접을 못했을 것이다. 조선조가 중국을 섬기고 그 글자(한문 글자)를 섬기며 우리말과 한글을 깔아뭉갰으니 힘없이 자빠졌고 왜놈한테 먹히고 만 것이다.

우리글이 광복과 더불어 제 노릇을 하는 세상을 만났건만 '중 백 발 백'처럼 제 노릇을 못한다. 한문 글을 섬기고 받듦이 벼슬하는 사람이 기져야 하는 지제갓춤으로 여겼는지 모른다.

'중 백 발 백' 빗돌을 세워두고 아시아 경기대회를 이곳에서 열었다. 이 경기에 참가한 세계 여러 나라 깃발이 줄지은 깃대에서 펄럭이는데 갈라진 우리나라 북쪽 깃발이 있다. 북에서 온 선수들과 저 깃발!

북녘 선수들이 우승했다. '조선민주주의인민공화국' 깃발이 그 국가 주악으로 중앙 깃대를 타고 오른다. 처음 들어보는 북쪽 국가! 울려 퍼지는 우승국 국가를 들으며 깃대를 오르는 깃발을 우러러 보는 사람들. 나라가 갈라져서 남북 두 깃발을 한 자리에서 보게 되는 이 애달픔이여! 겨레여! 배달겨레여! 광복과 더불어 나라가 갈라지고 숱한 세월이 흘렀다. 그러나 언제 다시 하나 되려는지 아득한 앞날을 내다보며 펄럭이는 저 '인공기'를 본다. 갈라진 나라여! 이 서글픔이여! 북쪽이여! 남쪽이여! 우리는 부디 우리말 우리글을 잃지 말자. 온 누리에 빛나는 우리 말글로 언젠가는 우리가 다시 하나 되는 그날이 올 것이다.

북쪽은 한글만 쓰므로 한문 글자로 새겨놓은 '중 백 발 백'을 읽지 않고 돌아갔을 것이다.

(2009. 8)

집 이름을 우리말로

우리말 우리얼 66호 '우리 주장'에 이런 글이 있다.

'한글을 국내에서 빛나게 하려면 그 환경과 분위기부터 만들자. 한글날을 공휴일로 정하고 한글역사문화관을 세우는 일은 한글을 빛내려면 당장 서두를 일이다.'

이 글에서 둘째 글월이 다듬어지지 않았다.

한글을 빛낸다는 말이 두 군데 나온다. 한글을 빛내기 위해 '한글역사문화관' 집을 세우자고 했다. 집 이름 참 어려운 말이다. 알기 쉽게 '한글 빛내는 집'이라 하면 어떨까? 어려운 말로 이름 지어 놓으면 한글을 빛내는 노릇을 할 수 있을까? 따온 보기 글에서 빛낸다는 말이 두 번이나 나왔으므로 '한글 빛내는 집'이라 하면 속뜻을 옹골지게 드러내는 이름이 될 것이다.

나는 일찍부터 기상청(氣象廳)이라는 집 이름을 고쳐서 '날씨보는 집'이라고 말한다. '기상청'? 더럽고 이 갈리는 말이다. 어째서 그런고 하면 왜말 氣象廳(기쇼쪼)를 타다가 '조선왜말'로 한 것이다. 곡식을 공출로 빼앗겨 배곯았고, 아버지는 왜놈 보국대로 끌려가서 골병들어 앓다가 돌아가셨다. 왜놈, 왜말, 國語(고꾸고). 시방 글을 한글로 적었지만 소리를 조선한문 소리로 적었지 한자로 적으면 거의 왜말이다. 바다 건너서 왜가 대한민국 말을 가만히 보고 있다.

왜말 '기쇼쪼(氣象廳)'를 누가 만들었나? 왜놈 앞잡이 '조선왜놈'이었다. '조선왜놈'이 왜놈보다 더 못되게 설치던 놈들이 아니더냐? 나라 찾고 예순다섯 해가 되지만 아직도 새로운 조선왜말을 만들어 퍼뜨린다. 우리말이 되어가는 판을 보면 앞이 캄캄하다.

조선왜말 '기상청(氣象廳)'을 '날씨보는집'이라고 하니 글 모르는 까막눈이들도 바로 알아듣는다. '기상청'이라 하면 기생들 있는 집으로 아는 사람이 있더라.

포갠집 이름을 우리말로 안하고 서양말인 '아파트'리 이름 짓고, 이미 있는 집 이름도 서양말로 갈아 붙이니 세상이 어떻게 되는 판인가?

어느 국립대학을 둘러보았다. 들머리 설주에 벌써 한문 글자로 대학 이름을 써달았다. 단과대학과 기숙사를 다 보아도 한글은 한 자도 없다. 이 대학은 한글을 모르는 무식꾼들이 들어앉아서 학생을 가르치고 있구나 싶다. 이참에 우리나라 모든 대학을 살펴보고 집 이름을 모두 한글로 적은 대학이 있으면 그 대학을 크게 기리고 한글무식대학을 깨우치는 대학으로 추켜세웠으면 좋겠다.

'한글문화역사관'이란 말을 들먹이지 말고 '한글빛내는집'으로 하기 바란다.

(2009. 8)

창원 탄생 600주년이라

　조선조 3대 태종 때 지방 관제를 크게 정비했는데 지방 행정구역을
통합하면서 의창현과 회원현을 합해 창원부로 했다. '의창'의 '창'과
'회원'의 '원'을 따서 '창원'이라 일컫게 되었다고 한다.

　신라 적에는 '굴자군', 757년에는 '골포'를 아울러서 '의안군'으로
고쳤다. 1018년 고려 현종 때는 의안과 합포를 금주에 포함시켰다가
충렬왕 때 원나라가 일본을 정벌할 때 노역과 군량을 대 준 공을 인정
해서 의안을 의창으로 합포를 회원으로 이름을 바꿔 현으로 승격했
다.

　임진왜란 때 창원부성이 함락됨에도 부사 김응서를 비롯한 부민들
이 한 사람도 항복하지 않았다는 충절이 이원익의 장계로 조정에 알
려졌다. 이에 조정에서는 부민들의 충절을 기려 칠원현을 포함하여

창원을 대도호부로 승격시켰다.

　대도호부는 주요지역으로 온 나라에 다섯 군데 두었다. 창원대도호부는 다섯 면이 있었는데 동, 서, 남, 북면과 부내면이 있었다. 지금 있는 동면, 내서면, 상남면, 북면이 그 이름인가 한다.

　고려 때 원나라가 일본을 침노하기 위해 합포에 머물렀는데 창원 사람과 합포 사람은 30년 동안이나 군량미를 대어주고 배를 만들어 주고 잠자리를 내주었다. 려 몽 연합군이 머무른 회원성을 쌓을 때 백성들의 모진 고생은 이루 말할 수 없었다고 한다. 일본 원정은 실패하고 말았다.

　바다 건너 왜구의 침노는 끊임이 없었으니 최윤덕 장군의 대마도 정벌 이후로는 노략질이 사라졌다. 이 위대한 인물이 바로 북면 내곡리 무동 마을에서 태어났고 그 산소가 북면 대산에 있다.

　우리고장 내력은 창원 탄생 600년부터가 아니다. 선사시대부터 이 고장에 살아온 사람들이 그 살아온 내력이건만 땅에 묻힌 연모들이 삭지 않고 남아 있는 것들에서나 그 모습을 더듬어 볼 수밖에 없다. 그런데 그것들이 다 백성을 부리던 지배계층이 가졌던 것들이다. 상전이 죽으면 죽도록 부려지던 종은 산 채로 함께 묻혔다. 그 무덤이 크고 웅장하니 죽어서도 위대했다. 자신의 공적이 이름 없는 백성힘이 바탕이었건만 부려지던 백성 이름은 비석 위 그 위대한 반열 끝 한 글자에도 오르지 못했다. 죽어서 흙에 묻히니 자손의 애달픈 통곡 소리만 허공에 울려 사라질 뿐이었다.

　창원 탄생 600년부터도 오랑캐와 왜구의 침탈은 끊임이 없었다. 백성은 끊임없이 시달리고 죽어나갔다. 그뿐인가? 탐관오리는 어진 백성을 울리며 치부하고 살았다. 백성이 눈을 뜨면 다스리기 어려우므로 백성이 모르는 한서(漢書)를 가지고 그들의 아성에서 흙에 손을 안 대고 지냈다.

'백성이 곧 하늘이다.' 깨우친 하늘 말씀이 우리 백성 가슴에 울려 퍼졌다. 백성이 깨닫고 마침내 들고 일어났다. 그러나 나라는 어두웠다. 힘없는 나라는 외세를 불러들여 이 땅이 외세의 싸움판이 되고 나라는 마침내 왜가 챙기고 말았다.

서러운 나라여! 서러운 백성이여! 서른다섯 해 동안 왜놈이 우리 겨레 씨를 없애려고 했으나 간대로 할 수 없었다. 배달얼을 배고 있는 우리말을 백성이 품고 있었기 때문이다. 그러나 광복된 지 예순세 해가 지났는데 왜가 심고 간 '조선왜말'이 나라말로 판을 짜고 있고 서양 말글이 이 땅을 휘몰아 우리말이 더 짓밟히고 있다. 그 앞잡이가 설친다.

나라가 갈라진 지 예순세 해. 왜놈들이 하는 소리가 독도가 저들 땅이라고? 지난날 우리나라를 앗아간 그 쳐죽일 야망을 아직도 품고 우리를 노리고 있다. 나라가 갈라져 하나 되지 못한 이때를 노리고 있다. 빼앗긴 서른다섯 해 동안 왜가 우리 겨레를 나아가게 깨우쳤다고 지껄이는 무리가 있다. 심어놓은 왜말을 오늘까지 우리말로 찾아 쓰지 못하는 숱한 일본 한자말('조선왜말'—소리만 조선 한문소리로 적었는데 한문 글자로 적으면 바로 왜말이다)이 나라말(國語)로 세상을 굳히고 있다. 왜는 이런 대한민국 형편을 환하게 보고 있다. 왜 땅에서 가까운 우리 창원 사람들이 얼마나 시달리고 죽었는가? 탄생 600년에 통일을 위해, 왜놈 침략을 물리치기 위해 우리는 어떤 마음가짐을 할 것인가?

(2008. 8)

탕 탕 탕

'탕 탕 탕.' 이 말을 보면 우리나라 슬픈 내력이 되새겨진다. 그 전쟁 세월을 겪으며 죽이고 죽는 꼴을 수없이 보고 지냈으니 살아있는 동안은 잊을 수가 없다. 가슴 아리는 이 말을 목욕탕에 가면 본다. 이 말은 광복을 맞고부터 보아오는 말이다. 이 '탕 탕 탕'으로 많은 사람이 죽었다. 어디 가서 죽었는지 흔적도 없이 역사는 흘렀다. 마침내 전쟁이 터지고 삼 년 한 달 이틀 만에 '탕 탕 탕'이 멎었다. 얼마나 죽고 흩어졌나? 씻지 못할 한 서린 그 참상을 떠올리게 하는 이 말을 무슨 까닭으로 목욕탕에 붙여놓고 그 세월을 떠올리게 하는지?

나라를 찾았지만 우리말로 하는 기운을 내지 못하고 왜말에 눌린 그대로 있다가 마침내 '탕 탕 탕'으로 이 강산이 피로 물들고 말았다. 이 피 어린 내력을 안고 있는 우리 가슴에 응어리가 되어 지내는데 골짜기에 파묻혀 있던 해골이 큰 빗물에 흙이 떠내려가면서 드러났다. 세상에 나왔건만 이름이 누구고 그 임자를 알 수가 없다. 그 몸서리나는 '탕 탕 탕'을 저지른 역사는 말이 없고 목욕탕에서 그 참상을 떠올리게 한다.

탕이라고 하면 곰탕, 매운탕, 설렁탕이 있어서 펄펄 끓인 탕 그릇을 앞에 놓고 식혀가며 먹는데 사람이 알몸으로 들어가는 그 탕에는 '온탕, 열탕, 냉탕'이라고 하면서 벽에 써 붙여 놓았다. 이 말을 볼 때마다 그 슬픈 역사를 되새기고 짓밟힌 우리말 내력을 생각나게 한다. 이 말은 왜말로 온탕(溫湯-온도우), 열탕(熱湯-네쯔도우), 냉탕(冷湯-水風呂-미즈부로), 이렇게 되는데 '냉탕'은 '수풍려'라고 할 수 없었는지 온탕, 열탕과 탕자를 맞추어서 '찬 冷' 자를 데려다가 냉탕으로 맞추어 '탕 탕 탕'으로 한 것이다.

이것을 우리말로 하자면 '따뜻한 물, 뜨거운 물, 찬 물'이라고 해야 하는데 고칠 요량도 없이 버젓이 붙여놓고 있으니 한심한 일이 아닌가? 왜놈들한테 나라 잃고 괴로움을 받던 그 모습이 우리말에 그대로 남아 있는데도 왜 티를 안 벗고 지내니 언제까지 이 꼴로 지낼 것인가? 우리말은 우리 겨레 모습이고 겨레 얼이 스며 있다. 우리말을 누가 짓밟고 있는가? 마음을 가다듬고 우리말로 고쳐야 한다.

(1999. 10)

한글 배우는 데가 있다카는데

"글 모르고 늙도록 살았는데 이제 와서 글 배와가지고 뭐하구로. 저 승 가서 써먹을긴가? 내가 글을 아는지 모르는지 누가 아나? 글 모른다고 등에 써 붙이고 다니는 것도 아이고, 글 모르는 내나 글 잘하는지나 무슨 표나는 기 있어야지. 글 배우러 다니모 글 모르는 표내는 기지. 늙어가면서 우세스럽구로 그냥 지내지. 글 모른다고 누가 머라 카나?"

글을 모르는 늙은이들 말이다. 글 배우는 일이 하루 이틀에 되는 일이 아니기에 아예 글 배울 생각을 접고 까막눈이들이 모여서 지는 해를 바라보며 머리를 꺼덕거리며 흐흐 히히하면서 누웠다 앉았다 세월을 보낸다.

어느 날 할머니와 자리를 같이한 손자가 책을 들이밀며 재미있는 대목에서 할머니와 이야기를 하고 싶어 묻는데 할머니는 글을 몰라 말을 못한다. 할머니는 눈이 어둡다고 둘러댄다. 한글을 모르는 할머니가 손자한테 거짓말을 하고보니 지난 세월이 한스럽다.

무식한 할머니와 함께 있지 못하도록 아들보다 며느리가 더 안달이 났다. 살다가 글 모르는 서러운 처지가 된다. 며느리와 손자한테 따돌림을 받을 것인가? 글을 배울 것인가? 손자가 배우는 초등학교 책을 읽을 수만 있다면! 한글교실이 머리에 얼른거린다.

이런 생각 저런 생각을 하다가, 글을 읽고 쓸 수 있도록 배워서 까막눈 설움을 벗어야지! 망설이면 놓친다 싶어 큰마음 먹고 집을 나섰다. 층층이 손잡이를 잡고 한 걸음 한 걸음 올라가 문을 열고 들어선다. 사람들이 쳐다본다.

이름을 올린다. 이름에 '님'이라 붙이고 소개한다. 태어나서 이름을 지어 받았으나 시집간 뒤로는 아무도 불러주지 않는 이름을 한글교실에서는 '임금님' 하는 '님' 자를 붙여서 공경스럽게 부른다.

한 주일에 이틀, 날이 가고 달이 간다. 나오는 날에는 시작 전에 미리 와서 자리를 잡고 읽어 내려고 애쓴다. 아들과 시집간 딸이 알고 어머니 공부가 나아가도록 일편단심 애를 쏟는다. 글 모르고 보낸 세월을 뉘우치고, 하면 된다는 보람을 자식들에게 보이고 싶었다. 딸이 친정에 와서 어머니 가방 속에 감추어놓은 책과 공책을 몰래 펴본다. 공책에 적힌 성적이 뛰어남을 보고 놀란다. 어머니가 얼마나 우러러 보이는가!

여러 사람이 한 가지 책으로 공부하지 못하는 형편이다. 배우는 사람 나름으로 나아가는 걸음이 다름을 본다. 빨리 가는 사람 더디 가는 사람. 그 걸음에 맞추어 가지 않을 수 없다.

글을 읽고 쓰게 된 이들에게 글제 '달력'과 '한길을 걸으며'를 주어 생각나는 대로 쓰게 했다.

달력 — 윤재숙(한글교실 반장)

정초에는 기분 좋게 달력을 걸어놓는다. 달마다 한 장씩 넘기면서 집안에 생일과 제삿날을 표시 해놓고 한 달씩 넘길 때마다 세월이 얼마나 잘 가는지를 볼 수 있다. 12월 마지막 달력을 뗄 때에는 서글퍼진다. 나이 들어가는 아쉬움이구나 싶어진다. 새해 새 달력을 걸 때에는 이 달력 열두 장을 다 넘길 수 있을까 하는 생각이 든다. 달력을 보면 한일 없이 세월을 보낸 인생살이가 허무하기 짝이 없다. 어쩌다가 벌써 팔순이 다 되어버렸구나.

한길을 걸으며 — 박순애

길가에 가로수가 단풍이 곱게 물들었습니다. 들국화도 피었습니다. 낙엽이 떨어져 발길에 밟힙니다. 사람들의 옷차림도 가을 따라 갑니다. 오늘이 11월 초하루, 남은 잎도 얼마 지나면 다 떨어지겠지요. 떨어진 잎을 그냥 두었으면 좋겠는데 더러운 것을 치우듯 쓸어 모아 버립니다. 청소하는 아저씨가 참 서운하다는 마음이 들었습니다.

(2009. 8)

122

시월이 오면

1950년 여름 방학이 끝나는 날 아침에 피난을 떠났다가 9·15 인천 상륙으로 학교로 다시 돌아오게 되었다. 이날이 시월 초닷새.

걸어서 찾아가는 길가 마을들이 모두 불타버렸다. 군용 차량들이 뒤집히고 처박히고, 여기 저기 널브러진 주검을 본다. 피난을 떠날 때 벼가 푸르게 자라더니 누르무레 익어가는 논은 움푹 움푹 꺼졌는데, 넘겨다보니 주검이 쓰러져 있다. 삼팔선이 전쟁을 불러 이 참상을 만들었다. 왜놈한테 나라 잃고 해방이란 선물과 함께 삼팔선을 안기더니 한 겨레가 서로 죽이는 지경을 만들었다. 이것이 우리 겨레가 그토록 바라던 광복이었던가? 겨레의 애달픈 내력이여!

징집이 되어가는 달도 시월이었다. 벼가 누렇게 익어가는 들판길을 '군에 가시는 우리 선생님 무운 장구를 빕니다'고 드림막(현수막)을 퍼들고 손에 손에 태극 깃발을 흔들며 '선생님'을 불러대며 울부짖었다. 사랑하는 이 아이들이 마지막이 될지 만감이 소용돌이치면서 따라오는 아이들 이름을 부르고 부르면서 갔다.

제주도 훈련소를 마치고 들어간 전선이 강원도 김화. 소총분대에 배치된 한 며칠 동안은 내 살갗이 벌벌 떨리는 증상이 일어났다. 우리 부대가 보충병을 채우러 머무는 동안이다. 산마루마다에는 나무라고는 볼 수 없게 포에 맞아 벗어졌다. 터지는 포탄, 날아오는 총알. 죽고 살기를 어찌 가늠할 수 있는가. 미치도록 그리운 아이들을 다시 보게 되는 그날이 올 것인가. 떠나올 때 나를 부르던 그 아이들이 눈에 어려 죽음의 두려움과 엇갈렸다.

날이 가고 달이 흘렀다. 곁에서 터지는 포가 두렵지 않음을 느끼게 되었다. 바로 곁에서 터진 포 구덩이로 몸을 날려 들어가는 재바른 힘이 나왔다. 아무리 퍼붓는 탄착지점이라도 포가 한번 떨어진 그 자리에 이어서 또 떨어지지 않음을 알았기 때문이다.

휴전 반대 시위가 드세도 휴전협정은 맺어졌다. 1953. 7. 27. 밤 열 시. 맑은 날씨라도 포연이 하늘을 가려 흐리다. 밤 아홉 시 반이 지나니까 쏘아대는 포성이 뜸해진다. 열 시, 아 이런 고요가! 내가 살았기에 이 '천하 고요'를 맞는다. 음력 보름이 며칠 지난날이라 포연이 서린 골짜기가 밝았다.

전쟁통에는 집이나 학교에 안부를 기별할 수가 없었다. 부대가 이동하고 휴전선을 구축하는 바쁜 날을 보내다가 첫 휴가를 가는 날이 시월이었다. 군용차량으로 후방으로 가는 길이 그렇게도 멀었다. 밤

낮 보는 사람이 가나오나 군인 뿐, 얼마를 갔는지 민간인이 보인다. 그립고 보고 싶던 저 사람들! 손을 막 흔드는데 그들이 내 뜻을 알 수 있었을까?

화물열차가 기어가듯, 먼 남쪽 내 고향집을 들어서니 온 마을이 들끓었다. 소식 없던 내가 살아왔다고, 아버지 어머니께서 어찌나 눈물을 글썽이던지!

다음날 학교로 갔다. 담임했던 아이들은 졸업을 했고 마을에 사는 몇몇 아이들을 만날 수 있었다. '전선에서 그립던 너희가 하도 보고 싶었기에 다시 보게 되었다.' 내 목소리는 울먹였다.

수십 년이 지나서도 이들의 모임에서, 싸움터로 떠날 그때의 설렘과 휴전의 고요를 쏟아낸다. '한 겨레가 서로 죽이는 전쟁, 전쟁 없는 한나라를 위하여!'

배달땅에서 태어난 우리 겨레가 터전을 잡고 나라를 세운 달이 시월. 반만 년을 내려오면서 배달겨레라 일컫는 말미가 개천절에서 비롯됨에 우리는 이날을 겨레가 태어난 가장 성스러운 날로 친다. 시월 초사흘 해 돋을 무렵에 태극기를 단다. 태극기를 달고 나서 해가 돋으면 깃발이 해맞이를 한다. 옷깃을 여미고 깃발을 우러러본다. 우리 강산, 우리 겨레, 이 터전에서 나는 열음을 먹고 삶이 고맙고, 일하고 깃들어 이 땅에 등을 붙이고 밤을 자고 일어나고, 나부대며 살아도 내가 배달의 씨알이니 어찌 대견스럽지 아니한가.

깃발의 모습을 바라본다. 바람이 일어 펄럭일 때 서러운 역사를 헹구어주는 나부낌으로 나를 달랜다.

개천절이 배달겨레가 태어남을 기리는 날이라면 시월 구일 한글날은 겨레가 눈을 뜨는 날임을 기린다. 오랜 어두움에서 빛을 보게 되었으니 우리 겨레 살아 오면서 이보다 더 값진 명절이 있는가? 단군왕검님이 나라를 열고(개천절), 세종께서 깜깜한 백성의 눈을 띄워 우리 겨레가 그지없이 나아가 빛나도록 하시었으니, 시월이 이토록 배달겨레를 비추는 달이라. 모진 풍파에 닻줄이 끊어져 한바다로 떠내려간다 해도 우리말과 우리 글자를 잃지 않는다면 역사가 바뀌고 세월이 흘러가도 우리 겨레는 다시 살아나리라. 겨레가 글자 없이 말하고 지내다가 이 어떤 분복인가!

　그러나 이 글자를 제대로 부려 쓰지 않고 남의 글자를 가지고 지체와 힘 부리는 연모로 쓰면서 겨레가 일구어낸 우리말까지 죽였으니, 나라를 잃었고 갈라진 한이 맺힌 삶을 살아가는 판이라. 시월상달에 한글날이 있는 것은 겨레를 일으키고 갈라진 나라를 하나 되게 다짐하는 빛을 보는 달이다.

　한스럽다. 우리 겨레가 부려씀으로 빛나는 삶을 이루어갈, 소숭한 보배인 이 글자를 깔보고 천대하는 축이 있다. 한문을 배워 섬기면서 우리 말글의 줏대를 잃었고, 조선왜놈이 왜말을 타다가 조선왜말로 만들어 우리말을 죽였다. 나라가 갈라지고 나니 미국 말을 섬겨 회사 이름, 집 이름, 일 이름을 미국 말로 갈아치우는 판을 본다. 아이가 나서 젖이 떨어지면 '빠이 빠이'를 가르치고, 모이기만 하면 주먹을 지르며 '화이팅'을 외쳐댄다. 우리말을 죽이는 무리가 누구인가? 겨레 모습을 알려거든 그 말을 보아라. 시방 되어가는 판이 앞으로 어찌 될 것인가? 이름을 깨끗한 우리말로 지어냄이 마땅하다. 이름은 오래도록 남아서 다른 것에 힘을 미친다. 아무리 큰 나라 큰 힘이 누른다 해도 말과 글과 이름이 줏대를 가지고 있으면 겨레와 나라가 줏대를 세우고 덧덧이 나아가리라. 빌붙고 기대는 재주가 서슴없이 날뛰면 겨레 앞날이 위태롭다. 남북이 갈라져서 예순 세월, 우리말이 피어나게, 우리 글자를 잘 부려씀은 남북이 하나 되는 지름길이요 온 누리에 퍼져 사는 우리 겨레가 배달의 얼로 하나 되는 길이다.

시월상달은 겨레와 나라를 하나 되게 하는 하늘이 내려준 달이다. 겨레와 우리 얼을 찾는 달이기에 옷깃을 여며 이달을 맞이하고 지낼 것이다. 파아란 가을 하늘에 펄럭이는 깃발을 우러러보는 뜻이 여기에 있다.

(2009. 9)

신

우리 집 나들간은 1.5 제곱미터 밖에 되지 않는다. 나들간에 들어서서 신이 가지런히 있으면 마음이 편안하다. 벗어둔 신은 식구들의 마음모습이므로 삶을 삼가는 마음자리로 삼고 벗어둔다.

맨발로는 아무데도 못 간다. 내 무게를 견디며 험한 길을 가고, 날카로운 것을 밟았을 때나 돌부리에 걸렸을 때도 나를 위해 다치고 대신 아파준다. 이런 신을 어찌 함부로 벗어버릴 수 있는가.

내 구두를 내 손으로 닦는다. 사오십 년 전 길거리에서 '구두 따악, 구두 따악'을 외치며 멀어져가던 소리가 떠오른다. '야!' 하고 부르는 소리가 나면 막 뛰어온다. '신딱통'을 내려놓으면 '신발'을 그 위에 올려놓는다. 솔은 바른 손에 잡고 닦아대는데, 일없는 왼팔도 같이 놀려댄다. 얼굴을 이쪽저쪽으로 들이대듯 살피며 얼룩지고 때 묻은 구두를 빛나도록 닦는 일이 즐거워 보인다. 구두 콧등이 빛나면 일을 마무리한다. 몇 푼 받아가지고 주섬주섬 챙기고는 '구두 따악' 하면서 갔다. 군용 차량이 몹시 쏘다니던 거리. 지금은 그 구두 콧등처럼 번질번질 빛나는 승용차가 밀리면서 흘러간다. 걸어 다니는 사람이 드문 세상이고 '구두 따악' 소리를 들을 수 없다. 그 아이들이 시방 환갑에 이를 것이다.

신은 삶의 단짝이라. 신을 많이 신는 삶일수록 바쁘고 한창일 때다. 나이가 들어 거동이 무뎌지면 나들간에 벗어두는 동안이 길어지고 결국은 못 신는 날을 맞이한다.

사람은 걸어 다니고 움직이며 일하고 살도록 태어났지만, 온갖 빠른 수레를 만들어 타고 다닌다. 이리 되니 신이 떨어질 새가 없다. 지난날 우리 겨레가 어떤 신을 신었으며 신에 딸린 말들이 어떠한지 살펴본다. '신'이 앞에 붙는 '신갱기, 신골, 신골방망이, 신날, 신돌이, 신뒤축, 신들메, 신바닥, 신발, 신벼나, 신볼, 신울, 신장, 신짝, 신전, 신주머니, 신짚, 신창, 신총, 신코, 신틀. 가운데 붙는 짚신감발, 짚신골, 진신발, 헌신짝. 끝에 붙는 갖신(가죽신), 걸립짚신, 결은신, 고무신, 꽃신, 나막신, 때때신, 덧신, 마른신, 멱신, 발막신, 베틀신, 사잣짚신, 사짜신, 삼신, 쌍코신, 석새짚신, 세코짚신, 소짚신, 수신, 엄짚신(엄신), 왜나막신, 외코신, 짝신, 조락신, 쪽신, 죽신, 쭉신, 진신, 짚신, 태사신, 털신, 평나막신, 헌짚신, 헝겊신, 흰신. 이 숱한 우리 신, 겨레가 어떻게 살아왔는지 알 수 있다. 백성이 힘들여 살면서 우리말을 얼마나 푸지게 만들어 썼는가! 이제는 우리말을 애지어 쓰기보다 남의 말을 타다가 우리말을 짓밟고 산다. 이게 잘 사는 나라인가?

다른 집에 갔을 때, 나들간에 놓인 신으로 그 집 사람을 가늠해 본다. 한 켤레가 가지런히 붙어 있지 않거나, 넘어져 있거나, 뒤집혀 있으면 참 안타깝다. 신을 어찌 이리 아무따나(아무렇게나) 벗어버리는지. 이것을 지나쳐보지 못하고 가지런히 해놓고 들어간다. 자리가 넓어지고 마음이 놓인다. 길바닥에 거치적거리는 돌멩이를 한쪽으로 치워놓고 가는 것처럼.

어찌된 일인가? '신'을 들을 수 없고 '신발'이라 칭한다. '신을 신은 발'은 무엇이라 하는가? 왜정 때, 왜놈 순사(순경)와 조선왜놈(왜놈 앞잡이)이 곡식을 추러 들이닥쳤다. 피땀으로 지은 곡식을 놈들의 소용을 채우려고 '신발'로 올라와 이 방 저 방을 짓밟고 뒤졌다. 그렇게 빼앗기고 나면 씨락죽, 도토리죽으로 허기를 견디며 배고픈 설움으로 지냈다. 오두막 흙담집 방이라도 등을 붙이고 자는 보금자리를 '신발'로 짓밟혔다.

광복이 되니 남북이 갈라졌다. 좌우가 겨루면서 사람을 치는 '신발'이 안방으로 들어와 설쳤다. 그 판에 묶여가서 돌아오지 못한 사람들. 큰바람(태풍) 루사인가, 비를 신고와 그렇게 퍼붓더니 산기슭에 묻힌 그들이 백골이 되어 드러났다. 줄줄이 묶여 바다에 빠져 죽을 때도 '신발'인 채로 죽었다. 왜놈한테 끌려가서 '신발'로 죽어간 애달픈 겨레. 남북으로 갈라지고 예순 해. 우리 이 한을 어찌할 것인가! 우리 서로 손잡고 원래대로 하나 되어 이 응어리 풀어야 한다.

애닯은 삶을 거두어 깊은 물에 뛰어들 때, 그래도 물가에 신을 벗어놓고 간다. 저승길은 신을 벗어놓고 가는 길이다. 오늘날 집밖에서 비명으로 가면 다 '신발'로 간다. 집에서 신 벗어놓고 가는 사람은 저승길을 바로 가는 사람이다.

걸상이나 의자에 앉아서 한 쪽 다리를 무릎에 포개고 '신발'을 내밀고 있는 품을 본다. 더구나 발목을 무릎 위에 걸치고 신바닥이 보이게 앉아있는 꼴을 보면 얼마나 본데없는 놈인가 싶다.

우리나라 대통령이 미국 대통령을 만나러 갔을 때, 서로 몸가짐을 어떻게 하는지를 볼 수 있었다. 우리 대통령은 양발을 바로 하고 앉았는데, 저쪽은 한 다리를 무릎에 포개어 '신발'을 내밀고 있었다. 저런. 본디 그 땅에는 하늘을 우러르고 땅을 섬기는 토박이 겨레가 있었는데, 생김새나 살갗이 우리와 닮았다. 그 땅을 쳐들어가서 토박이 겨레를 죽이고 빼앗아 나라를 세웠다. 멀리 아프리카 땅에서 검둥이 겨레(원주민)를 후려와 종으로 부려 가멸게 되더니, 세계 곳곳에 자기네 군사로 힘을 부리니까 '신발'을 내밀고 거들먹거리는 몸가짐인가?

우리나라가 '신발'로 짓밟힌 뒤끝에 갈라졌다. 백성이 힘쓴 만큼 나라 힘을 기르지 못하고 살아온 가련한 역사. 겨레 가슴에 응어리가 맺힌 '신발'이기에 온 세상천지가 '신'을 '신발'이라 하면서 한을 품고 하는 말인지 모를 일이다. 지나온 그 아픈 역사를 돌아보며 이 응어리를 풀 날을 맞이해야 한다. 갈라진 나라가 하나 되고 갈라진 겨레가 하나 되는 그날을 말이다.

(2005. 7)

오피니언

한 신문을 보니 '오피니언'이라는 꼭지가 있었다. 이 꼭지에 무슨 소견을 말한 글이 있는데(2백자 아홉 장 쯤 되는 글), 서양 말과 꼬부랑 글을 하도 써 놓아서, 일부러 세어보니 열두 가지 낱말이 있었다. 학위까지 버젓이 써놓은 것을 보니, 서양 가서 공부하고 온 값 한다고 말글을 이렇게 하는구나 싶었다.

다른 나라로 가서 공부를 하는 것은 우리말로 녹여내는 힘을 길러와서 우리말로 알아듣기 쉽게 하라는 것이다. 우리말로 녹여내는 힘이 없이 그쪽 말을 그대로 타다가 퍼뜨리면 우리는 마침내 우리말을 잃고 그쪽 나라로 딸려갈 수밖에 없다. 우리나라가 참되게 나아가는 길은 배워온 것을 우리 말글로 알아듣기 쉽게 하는 것이다.

그 잣대는 이렇다. 서양 말꼴을 닮지 말고 우리말답게 쓸 것. 말을 쉽게 할 것. 죽었거나 묻혀 있는 우리말을 캐내어 살려 쓸 것. 한문 글자로 된 말은 되도록 안 쓰도록 할 것(한문 글자로 된 말은 왜말이 많다). 이렇게 무엇을 하든 우리말로 생각을 해야 우리 것이 되어 나올 것이다. 이런 바탕이 없이 다른 나라 것을 배우게 되면, 그쪽 말을 그대로 타다가 퍼뜨리게 되고, 그 나라 앞잡이 노릇을 하면서 우리말을 깔보고 죽게 한다.

서양 말을 새기는 낱말책을 만들려면, 맞대놓는 말을 우리말로 해야지 왜놈이 만든 한자말을 그대로 갖다 대면 우리말이 살아날 수가 없다. 우리가 보고 있는 '국어사전'이라는 낱말책을 보면, 올림말 곁에 한문 글자를 달아 놓은 낱말이 6할은 더 될 것인데, 이 한자말이 왜말을 그대로 타다가 올려놓은 것이 숱하다. 왜놈한테 배운 왜말을 광복 후에는 조선한문 소리로 읽어가지고 그대로 올려놓았으니 '조선왜말'이 된 것이다. 이런 조선왜말을 서양 말에 맞대어 새겨놓으니 우리말이 어찌 되겠는가? 서양 말 'washing machine'을 우리말로 '빨래틀'이라 하지 않고 조선왜말 '세탁기'(洗濯機―센따꾸끼)라 해가지고 올려놓는다. 이러니 우리말이 살아날 수가 있겠는가? 요새 집집마다 있는 '세탁기'를 '빨래틀'이라고 하던가?

왜놈의 '식민 통치'는 끝났지만, 맑히지 못한 왜놈 앞잡이 '조선왜놈'이 들어서 반백 년을 보내고도 왜말을 씻어 버리지 못했다. 이런 판에 서양 말을 타다가 퍼뜨리기에 미쳐 날뛰니 우리말이 시방 어찌되어 가는가? 이제는 신문이 '오피니언'이라는 서양 말을 바로 타다가 퍼뜨리는 판이다.

우리말 하기가 부끄러운가? 아니면 그 나라말 조금 할 줄 안다고 뽐내는 짓인가? 우리말을 빛내야 할 자리가 어떤 자리인지를 모르는가? 이것을 제대로 모르니 서양 말, 서양 이름이 이 땅에서 판을 친다.

우리 것 가꿀 줄 모르고 남의 것 쳐다보다가 우리 것을 잃었다. 백성이 힘을 펴지 못한 삶과 더불어 묻혀버렸다. 우리 것 업신여기고 큰 나라 섬기다가 할퀴고 찢겼다.

백성이 임자인 나라가 열렸는가? 백성이 임자인 나라는 겨레얼을 품고 있는 겨레말이 나라말로 오르고, 이 나라말로 나라 살림을 꾸려가야 하고, 이 겨레말로 서양 말을 녹여 내어야 백성은 힘을 펴고 나라는 나아간다. 말과 글은 우리가 함께 살아가면서 한 겨레가 되게 하는 가장 소중한 연모이다. 말과 글이 우리말 틀에서 벗어나면 말이 어려워지고, 이로 인해 겨레가 쉽게 열어갈 빼어난 슬기가 시들고 무뎌진다. 새로운 것을 들여올 때는 그 말에 맞댈 새 우리말을 만들어야 한다. 이미 있는 우리말로 얼마든지 만들어 쓸 수 있다. 이 길이 우리 삶을 푸지게 하는 길이고 겨레 슬기를 열어가는 길이다. 뼈대 있는 겨레가 가질 마음가짐이 이래야 하지 않겠는가! 어려운 한자말(왜말이 많다)이 우리 생각을 얼마나 물들게 했는가? 여기에 서양 말을 가지고 또 이 짓을 하는 판이니 이게 '국제화, 세계화'라는 것인가? 제 모습을 가꿀 줄 모르고 남 따라 가는 길은 망하는 길이다.

쉬운 우리말로 해야 겨레 슬기가 열린다. 공부하기를 왜 어려워하는가? 쓰기 쉬운 글자를 가지고서도 공부가 어렵다니? 어려운 말로 하니 공부가 어려울 수밖에. 무슨 이치가 어려운 것이 아니라, 말이 어려워서 이치를 어렵게 해놓은 것이다.

신문이 우리말을 캐고 가는(耕) 일에 앞장서야 하는 마당에, 우리말이 힘을 쓸 수 없도록 하면서, 신문이 세상을 나아가게 하고 밝게 하는 등불이라고? 우리 낱말책에 없는 '오피니언'이라는 말을 이렇게 풀이 한다.

더러울 *汚*(오), 가죽벗길 *皮*(피), 부끄러울 *怩*(니), 상말 *諺*(언). '더러운 가죽을 벗겨야 할 부끄러운 말이 오피니언이라.'

(1999. 11)

한글 글씨꼴

'훈민정음' 스물 여덟 자가 낱소리글자로서 풀어쓰는 이치를 타고 났는데 모아쓰기풀이(合字解)에서 첫소리, 가운뎃소리, 끝소리를 한 글자로 모아쓴다는 말을 해놓았다. 이로 말미암아 한문 글씨꼴을 닮아버렸다.

사람 서리가 높낮이로 짜여 한문 글을 아는 얼마 안 되는 무리가 글을 모르는 백성을 위에서 내려다보듯 내리 쓰는 글쓰기를 했다. 오른손으로 글을 쓰면 가로로 쓰기가 절로 되는 쉬운 이치를 두고, 눈을 위에서 아래로 움직이며 세로로 쓰거나 읽다가 가로로 움직이며 읽고 쓰게 되는 역사가 일어난 까닭은 사람이 높낮이 없이 평등하게 살아가는 세상으로 나아감이 옳음을 깨달았기 때문이다. 가로쓰기는 높낮이 세상을 뒤엎고 고른 세상을 만드는 글쓰기라 할 수 있다.

한글을 모아쓰기를 하면서 한문 글씨꼴을 닮고 얽매여 한 낱내(音節)를 이루는 첫소리(초성 닿소리), 가운뎃소리(중성 홀소리), 끝소리(종성 받침소리)가 한글 낱자 본디 꼴을 크게 다쳐놓았다. 받침이 있는 낱내와 없는 낱내를 모두 네모꼴로 맞추어 크기를 같이 하려니 낱자 꼴이 눌리거나 늘어지거나 퍼져서 제 모습이 아닌 것이다.

훈민정음 낱소리글자와 오늘날 쓰고 있는 한글 낱자를 견주어본다. ㄱ, ㅋ이 홀소리 왼쪽에 오면 세로 긋는 획을 어김없이 왼쪽으로 꼬부려 놓고, 위나 아래에 붙여도 그렇다.

ㄴ을 홀소리 왼쪽에 붙이면 가로획을 위로 꼬부려 놓고 받침으로 붙으면 가로획을 길게 긋는다.

ㅅ은 한문 사람 인(人)자 바로 그것이다. 삐침 가운데에다 작대기를 받쳐놓았다. ㅈ, ㅊ도 그렇다.

ㆆ자는 어떠한가? 꼭지를 붙여서 없어진 된이응이다. 붓으로 쓴 꼴을 하자니 이렇다. 받침으로 붙이면 가로 둥글 길쯤하다. 한 낱내를 네모꼴로 하자니 이렇게 된다.

ㅎ, ㅊ자는 꼭지가 가로획 가운데에 세로로 짧게 붙어야 하는데 가로획과 떨어져서 가로 금을 그었다. 훈민정음 낱자가 획이 떨어짐이 없이 붙어서 ㅎ자는 갓을 쓴 얼굴처럼 보여야 한다. 어디서 붓글씨를 보니 ㄷ밑에 아를 썼는데 무슨 글자인지 한참 보다가 '하'임을 알았다. 한문 글씨처럼 알기 어렵게 보이는 재주를 부린 것이다.

ㅁ자를 받침으로 붙이면 옆으로 긴 네모로 그린다. 한 낱내를 네모꼴에 맞추려니 이런 꼴이 되는 것이다. ㅍ은 입술소리 ㅁ에서 ㅂ, ㅂ

에서 획이 더해 나간 것인데 ─획과 ㅛ를 띄워놓는다. 한 낱자가 획이 붙어 있어야 할 것이 떨어지면 무슨 글자가 되는가?

붙어 있어야 할 낱자는 떨어지고, 떨어져야 할 닿소리 홀소리, 홀소리 닿소리를 붙여 쓴다. 한 낱내를 이루는 모아쓰기에서 닿소리와 홀소리가 붙으면 안 되는 것을 한글을 처음 배우는 사람을 가르쳐 보면 알 수 있다. 닿소리 글자와 홀소리 글자를 모아 쓴다는 말은 붙여 쓰라는 말이 아니니까.

홀소리 ㅏㅑㅓㅕㅗㅛㅜㅠ는 하늘 '·', 땅 'ㅡ', 사람 'ㅣ'를 어우러 만든 글자이므로 하늘 '·'를 길게 그어서는 안 된다. 'ㅡ' 위 'ㅡ' 아래, 'ㅣ' 왼쪽 'ㅣ' 오른쪽에 살짝 붙이면 된다. 하늘 '·'를 세로나 가로로 길게 긋는 것은 한문 글자 쓰는 꼴을 따라 재주부리는 짓이다.

여덟 폭 병풍이 있다. 한쪽은 한문 글이다. 한 폭에 세로로 석줄 서른 넉자를 썼다. 한 폭에는 없을 무(無)가 열 자나 있는데 석 자는 옛글자 무(无)이고, 일곱 자에 석자만 같은 꼴이고 네 글자는 글자마다 꼴이 다르다. 이 한문 글씨를 볼 때마다 쓰는 사람 제멋대로 멋 부리는 망할 글자라고 생각한다.

붓으로 한문 글자 멋 부리며 쓰는 이런 꼴을 본받다가 우리 한글 글자꼴을 다쳐놓았으므로 한글이 스스로 나아가도록 한문 글씨꼴을 닮아서는 안 된다.

굵기가 같게 가로, 세로, 동그라미, 삐침이어야 하고 모아쓰기를 하더라도 훈민정음 글자꼴을 그대로 할 것이며, 닿소리가 붙는 데에 따라 꼴이 달라져서는 안 되며 홀소리 어디에 붙어도 한결 같아야 한다.

내가 쓰고(用) 있는 '글씨틀(글을 쓰는 틀–컴퓨터)'이 '윈도95'라는 것인데, 이 글씨틀에 들어있는 글씨꼴에 내가 바라는 글씨꼴이 없다. '샘물'이라는 글씨꼴에서 '각'자를 쳐보면 두 ㄱ자 꼴이 거의 같다. 다른 글자도 거의 이러하므로 이 '샘물'로 글을 쳐서 보내면 글 받는 데서 한문 글씨 '명조체'로 바꾸어버린다.

한 낱내를 네모꼴로 같은 크기로 쓰다 보니 닿소리가 아래 위에 붙으면 용수철을 누르고 있는 것처럼 된다. '훈민정음' 낱자꼴 그대로 위쪽을 맞추어 쓰면 받침 있는 글자만 아래로 길어져서 세로로 내리쓰는 한문 글씨에서 볼 수 없는 아름다움이 있다.

한글을 붓으로 쓰기만 하면 한문 흘림으로 쓰는데 이렇게 써놓고 '서체'가 아름답다고 즐긴다. 한글을 짓밟고 백성을 짓밟는 재주를 부리는 것이다.

어느 날 일보러 가다가 가게 이름을 보니 내가 생각하는 글씨꼴로 써 붙인 집이 있었다. 한글 낱자를 아주 만들어놓고 말이 되게 갖다 붙였구나 싶었다. 우리 글자를 나아가게 하는 이가 일하면서 사는 백성 속에 있음을 보았다. 우리 한글을 훈민정음 글씨꼴로 바로 세워야 하고 어느 무엇에 끌리거나 눌려서도 안 된다.

(2008. 12)

우리말과 줏대

　한 겨레는 한 가지로 하는 말로 일어나고, 그 겨레말을 잘 다듬어야 겨레 마음에 잘 사무치며, 겨레 슬기를 열고 나라가 나아간다.

　나라를 잃고 겨레가 흩어져 있어도 말이 같고, 글이 같으면 언제나 한 겨레로 지내고, 한 마음으로 나아간다. 배달 땅을 떠나 다른 겨레 속에서 우리말을 잊고 그 나라말로 산다면, 핏줄은 배달 핏줄이되 말과 글을 잃었으니 배달겨레라 할 수가 없다. 겨레가 흩어져 나달이 흘러가도, 우리말과 우리글로서 뒤를 이어 줄곧 가르치고 지내면, 언제나 한 겨레고 한 마음이 된다. 말과 글이 겨레다움을 드러내는 보람이기에 그러하다.

　[이름 쪽지]

그런데, 한 겨레로 한 나라에서 함께 살면서, 같은 말과 같은 글을 안 쓰고 다른 나라 말글을 가지고 거드름을 부리는 무리가 있다. 제 이름을 남에게 알리는 이름 쪽지(명함)를 보면, 이름과 벼슬, 사는 곳을 모조리 한문 글자로 쓰고('서울'만은 한문 글자로 쓰지 못했다), 뒷쪽에는 온통 서양 글자이다. 우리 말글 쓰기를 이토록 꺼리는 사람은 우리 글자를 한 자도 안 씀으로써 지체가 높다고 생각하는 모양이다. 이들이 나라 일을 맡아보거나 힘 부리는 자리에 앉아서는 우리 말글을 갈고 닦기보다, 큰 나라, 힘센 나라를 부러워 우러러보며, 그 말글을 배워 익히고는 한 마디씩 쓰고 지껄이는 짓을 무슨 자랑으로 여기며 뻐긴다. 이들이 다른 나라로 나가 제 이름 쪽지를 꺼내어 보이는데, 온 누리 사람들이 부러워하는 제 나라 한글을 안 쓰는 '저 한국사람'이라고 손가락질하는 것도 모른다.

아무 벼슬 없이 물건을 팔아 장사하는 사람이 건네주는 이름 쪽지를 보면 우리 한글만으로 쓴다. 한문 글자가 우리글이 아님을, 백성을 괴롭힌 글임을 안다. 요새는 서양글이 한문처럼 우리 겨레를 옥죄는 글임도 안다. 이들이야말로 우리글을 지키는 배달백성이다. 이들은 땀 흘리며 일하는 사람이고, 지체를 탐내지 않는 사람들이다.

우리 마을에 있는 한 가게 이름에, '머리 잘 하는 집'이 있다. 하도 좋은 이름이기에 지날 때마다 쳐다보고 이 가게 이름을 들먹이며 간다. 이렇게 좋은 우리말을 벼슬 없는 사람들이 찾아 쓴다. 우리 말글을 아끼며 잘 부려 쓰는 사람이 나라를 사랑하는 사람이 아닌가. 나라를 다스리는 사람, 나라 일을 맡아보는 사람이 먼저 깨닫고 앞장 설

일인데.

[나라이름]

우리나라 이름이 서양으로 알려지기로는 '고려'였다. 서양 사람이 이 '고려'라는 말소리를 제대로 내지 못해, '코리아, 꼬레, 꼬리' 따위로 하는 것은 그들이 우리 소리를 영판 같이 내지 못하니까 그러한데, 우리가 서양 사람이 하는 소리를 따라가서 되겠는가.

나라이름 '미국'을 보자. 이것을 한글로 쓰기 싫어서인지 '美國'이라 쓴다. '아름다울 美, 나라 國'이라 했으니 '아름다운 나라'란 말이지. '아메리카' 나라는 '아름다운 나라'인가. 우리나라는 무슨 나라인데.

왜(닙뽕)나라가 '亞米利加'라 썼고 줄여서 '米國'(베이고꾸)라 했다. 나라를 찾고 이승만이 아메리카(미국)에서 들어와, 조선왜놈(왜놈 앞잡이)을 보듬더니, 쌀 '米'가 아름다운 '美'로 바뀌었다. 아메리카면 아메리카이지 무슨 '美國'인가. 뼈대 바로 세우고 '아메리카'라고 바로 말해야 할 것이다.

[이름 적기]

우리 성 이름을 서양 글자로 적은 것을 보면, 이름을 먼저 쓰고 성을 다음으로 썼다. 한글 모르는 서양 사람이 우리 성 이름을 알도록 하고 싶으면, 우리가 하는 소리대로 서양 글자로 적어 보이면 될 것이다. 이름 쪽지에도 무슨 용천한다고 성 이름 차례마저 바꾸어 쓰는가. 서양 사람이 저들 이름을 우리 한글로 적을 적에, 우리 성 이름 차례로 하는가.

이른바 '국제화, 세계화'라는 것이 내 모습 망가뜨리는 바람인가. 머리카락을 온갖 빛깔로 물들이고, 지르는 노랫말은 도무지 알아들을 수가 없고, 무슨 춤이 그런 춤이 다 있는지. 참말로 이 세상이 어찌 되어가는 판인지 알 수가 없다. 아이가 말을 배우기 시작할 때부터 서양 말 익히기에 미치다 못해 우리나라에서는 서양 말을 제대로 익힐 곳이 못된다고 서양으로 나가버리는(그들은 들어간다고 하지) 무리가 늘어난다. 그렇게 해서 돌아오면 우리 말글을 시시하게 보고 새로운 상진이 되어 서블럭서릴 것이다.

[물건 이름]

만들어 파는 물건에 제발 좀, 우리말 우리글로 박아서 내자. 다른 나라 물건이 그 나라 말글로 들어오듯이 말이다. 일꾼들이 피땀 흘려 만들어 놓으면, 그 물건에 붙이는 말을 그만 다른 나라 말글로 해놓는다. 누가, 무엇 때문에 이 짓을 하는가. 우리 말글을 박아서 내놓으면 안 팔리나. 물건을 쓰기 좋게 잘만 만들어 놓으면 사갈 것 아닌가. 우리 겨레가 앞으로 나아가는 길은 우리 말글이 확 틔어 온 누리로 퍼져 나가는 일이다. 시방 우리 물건이 나라 밖으로 널리 나가는데, 어찌 이 일을 않고 있는가. 우리말 우리글을 바로 써야 나라 줏대가 선다. 서양 물건처럼 보이려고 서양 말글을 박아서 나가는 것인가. 회사가 줏대가 서야 '저희 회사'라는 말을 안 하고 '우리 회사'라는 말이 나온다.

여러 사람 앞에서 말하는 것을 보면, 제 딴에는 삼가는 말한다고 '우리나라'라 안하고 '저희 나라'란다. 나라를 다스리는 대통령을 하겠다고 나서는 당 우두머리도 '저희 나라'라고 지껄이는 마당에 나라가 바로 서겠는가.

[수 읽기]

우리가 수를 말할 적에는 네 자리씩 끊어서 말한다. '5,4321, 9876'이라는 수를 읽어보면 '5억 4321만 9876' 이렇게 되는데, 이 수를 적어놓은 것을 보면 '543,219,876'으로 적어 놓는다. 이 수를 읽으려면 다시 네 자리씩 끊어서 읽어야 한다. 이 껄끄러운 짓을 왜 하는가. 우리 수 읽는 말도 서양 말꼴로 따라서 하니, 이게 무슨 꼴인가.

'한글 새소식' 후원금 받는 글에 '50,000원'이라 써서 세 자리마다 점을 찍었다. 이것이 '오만 원'인가. '오십, 천 원'이지. '한글 새소식'이 이래서 되겠는가.

[북쪽 말]

남쪽 어린이들이 평양 가서 노래 부르고, '평양냉면'을 먹으면서 '평양냉면은 맛이 틀리다'고 했다가 낭패를 본 일이 있었다고 한다. 서울에서 먹는 냉면 맛하고 평양에서 먹어보는 냉면 맛이 다르면 '다르다'고 해야지 어째서 '틀리다'고 하는가. 이 일을 보면 이쪽 말하기와 저쪽 말하기를 견주어볼 수 있는데, 이쪽 어른들이나 교육이 우리말을 제대로 가르치지 못했음을 드러낸 것이다.

144

북쪽 어린이들이 '고향의 봄'노래를 부르는 것을 텔레비전에서 보았는데, 이 노랫말 첫 머리에 있는 '나의 살던 고향은'을 '내가 살던 고향은'이라고 고쳐 부르는 소리를 들었다. 북쪽은 말 다듬기를 잘 하는구나 싶다.

[남북이 서로 터놓고 말하기]

북쪽 말을 이쪽에서 잘 들을 수 있어야 하고, 이쪽 말을 북쪽에서 잘 들어야 한다. 우리는 서로가 잘 된 우리말을 하도록 다듬어가야 할 것이다. 잘못된 말은 잘된 말을 봄으로써 고칠 수 있다. 이른바 '언어 이질화'가 북쪽 말에서만 잘못 되어 가는 줄로 생각하는지 모르지만, 이쪽 길거리에 나붙은 가게 이름들을 보면 도무지 무슨 말글인지 알 수 없는 난장판이 되어 있다. 이래가지고 '언어 이질화'라 하는가. 남북 서로가 본디 우리 배달말을 찾아 가지고 우리말을 가꾸어가야 한다.

남북이 갈라지기 전까지, 정답게 쓰던 '동무'라는 말을 일부러 꺼리고 '뽀뽀뽀 친구'가 어린 아이들 입에 오르내리기까지 되어감을 보고, '동무'가 사라지지나 않을까 싶었는데 '어깨동무'가 아직 살아 있으니, 이 '동무'를 정답게 써서 잃은 정을 되살리도록 할 것이다.

[통일이 되는 것인가, 통일을 하는 것인가]

제물로 있는 것(자연)은 저절로 된 것이다. 사람이 제물로 된 것에서 겨레붙이로 태어나 힘을 들여 일하고 살면서, 겨레말을 다듬어내고 이 겨레말을 가지고 얼을 세워 '살아가는 결(삶결)'(왜말로 文化-붕까)을 이루고 지낸다. 우리가 이 '겨레'라는 품이 없으면 무엇에 기대어 서로 돕고 살겠는가. 참으로 어이없게도 겨레를 갈라놓고, 살아가는 터전을 갈라놓고, 강산이 피로 물든 난리를 겪었다. 이로 말미암아 남북이 어렵게 살고 있는데, 우리가 통일함을 가장 큰 겨레 소임으로 삼고 있다. 이것은 남의 힘이나 제물로 되는 것이 아니다.

어느 시인이 이런 글을 썼다.

군에 가 있는
막내는 몸이나 성한지
어서 남북이 통일돼야
젊은이들이 고생을 면할 텐데

이 대목에서 통일이 저절로 되거나 힘센 나라가 해주는 것일까 싶어진다. 조상이 물려준 우리나라 땅을 우리가 지키고, 자손만대로 물려주어야 할 부르심을 띠고 있다. 나라를 갈라놓은 까닭이 가깝게는 딴 나라 힘이 더불었지만, 더 큰 까닭은 우리 배달 말글을 가꾸지 않아 얼이 빠지고 겨레 줏대를 세우지 못한 데에 있다. 나라를 다스리는 무리가 힘 센 나라 말글을 타다가 백성을 부리는 연모로 썼으니, 나라는 힘을 잃고, 겨레를 가축하는 얼이 빠졌다.

세종 임금님께서 지어 펴신 배달 글자 만든 얼, 그 얼로, 이 나라를 다스렸더라면 잃은 우리 옛 땅을 찾았을 것이며, 온 누리에 우뚝 선

146

배달나라가 되었을 것이다. 우리 말글을 가꾸어야 얼이 서고, 나라가 나아가는 이 마땅한 이치를 나라를 다스리는 힘을 잡은 무리가 알지 못했다. 그러니 배달 말글이 어찌 피어나겠으며, 나라 힘을 기를 수 있었겠는가. 이 그릇된 내림을 시방부터 나라를 다스리는 이가, 나라 살림을 맡아보는 이가, 어서 깨달아야 나라가 바로 서고 나아간다.

갈라놓은 남북을 하나로 터내는 일을 우리가 '하는' 것이지, 저절로 '되는' 것이 아니다. 어떠한 어려움이 있어도 우리 겨레가 태어나 사는 이 배달 강산을 우리가 터내어야 하는(통일하는) 것이다.

(2001. 3)

147

문 패

　이사 와서 문패를 붙였더니 지번을 가는 바람에 못쓰게 되었다. 지번만 새로 써 붙여놓고 우편물이나 찾아오게 10년 넘게 지내는데, 요새는 또 새 주소라면서 집집마다 똑같은 사부주(규격)로 오래(대문)기둥에 붙여놓았다. '감나무22길3'이라. 길 이름을 정해놓고 집 번호를 매긴 것이다.

　길 이름을 우리말로 한 것은 참 잘한 일이다. 그런데 '22'와 '3'을 어떻게 읽도록 하는지 궁금하다. 여태까지 읽는 대로라면 '이십이' '삼'인데, '감나무'와 '길'이 우리말로 대접받고 올랐으니, 이참에 수읽기를 우리말로 읽을 수 있는 낌새가 아닌가 싶어, 시청에 물어보았더니 그 일은 정한 바가 없단다. 내가 그들 보고 이래라 저래라 할 수도 없다.

모든 숫자는 아라비아숫자를 써서 보는 통일을 하는데 읽기는 그렇지 않다. 우리말로 셈 세는 말은 하나, 둘, 셋, 넷……인데, 한문 글자말로 일, 이, 삼, 사……로 판을 짜놓았으니, '감나무 스물두길 셋째 집'이라고 말해야 할 것인가. 내 집 '3'자 다음에 '째집'이라는 두 글자를 찍어 넣었더라면 우리말로 살아날 수 있었을 것이다. 길이름 새로 지어 붙이는 이 마당에 우리말을 어떻게 다스려야 할지를 마음에 두지 않았다. 우리말로 수 읽는 길을 터놓을 소중한 일을 놓치고 말았다. '22길', '이십이길'?

한문책 명심보감 들머리에 이런 소리로 읽는 글이 나온다. '자왈 위선자 천보지이복 위불선자 천보지이화'라. 어릴적에 이 소리를 듣고 한문이라는 글은 이렇게 얄궂은 소리로 읽는구나 싶었고, 지금도 그렇다.

병원에 가보면 포개지은 켜(층)마다 숫자를 붙여놓았는데 4층이 없다. 4층은 '죽을 사'이므로 4층에 든 사람은 다 죽는 줄로 생각하는 모양이다. 날짜 4일은 어찌되는가. 이날은 죽는 날인가.

학교에서는 4반과 10반이라는 반 이름으로 부르지 않으려고 유식한 한문말로 지어 붙이는 학교가 있다. 아무리 이런 말로 지어놓아도 여럿은 차례를 정해야 하므로 숫자로 말하지 않을 수가 없다. 그래서 10반, 11반…… 따위를 열반, 열한반이라고 한다. 어찌 이리도 우리말로 하기를 꺼리는지. 첫째 반, 둘째 반, 셋째 반, 넷째 반…… 열째 반, 열한째 반…… 이렇게 말하면 무지렁이 촌놈학교가 되는가. 교육이 무엇인가. 겨레를 알고, 깨닫는 바가 있어야 할 것이다. 그것은 우리

말로 들어가는 것이다.

 길이 넓으나 좁으나 다 길인데 버스가 다니는 길(간선도로)은 '로'이고, 걸어 다니는 길(소로)은 '길'이란다. '감나무'와 '길'이 나라 다스리는 말 한구석에 오르기에 무엇인가 잘 되어가려는 낌새가 보인다 싶었더니 옥죄는 것이 있다. 세상에 높고 낮은 것이 있더니, 다스리는 쪽은 높고 크고, 다스려지는 쪽은 낮고 작은 것인가. 큰 것은 작은 것을 거느리므로 한문 글 '로', 작은 것은 거느려지므로 백성말 '길'.

 다니면서 '로'를 보면 소가지가 좀 나는데, 들'로', 산으'로', 바다 '로', 집으'로'하면서 구시렁거리다가 서울'로' 가는 길은 어디서든지 올라가고, 서울에서 떠나면 내려간다네. 서울이 어디 높은 먼뎅이에 있나?

 통일로가 있다. 우리 겨레 갈라놓고, 사는 땅 갈라놓고, 한 맺힌 우리 겨레 통일 '로' 가면 맺힌 응어리가 풀어질 것 같은 말이다. 옛날부터 양반 사대부가 한문 글 떠받들고 백성말 짓밟았으니, 우리 말글은 천한 말이 되어 푸대접 받고 죽어갔다. 겨레말(배달말)이 힘을 잃었는데 나라가 성할 수가 없다. 찢기고 할퀴어서 나라를 잃었고 갈라졌다. 우리말과 우리글을 천대한 옳이다.

 문패를 한문 글자로 써 붙여 놓은 집이 있다. 한 집을 보니 어찌나 겉치장을 뽐내려고 지었던지 지나가는 사람들이 그 집만 처다보고 간다. 파초 잎이 나들간 앞에서 바람에 일렁이고, 그 곁에는 왜놈이 버리고 간 왜탑을 가져다가 세워 놓았다. 폭포를 만들어서 손이 올 때마다 물이 콸콸 쏟아지게 해 구경을 시킨다. 지나가는 사람들이 문패를 보더니 한 사람이 아는 품을 내어 읽는다. 그러나 그 이름을 틀리게 읽었다. 행세를 하고 싶은 그 문패는 주인 이름 제대로 알리는 노릇을 그르쳤다.

어떤 집 문패는 이름이 좀 우습다. 그 아비가 왜놈 앞잡이였던지 이름을 왜놈 되게 지어놓았다. 나라 찾고 성은 돌아왔는데 이름은 그대로 두었다. 일본 한문 글자 소리를 조선 한문 글자 소리로 읽게 되니 이름이 얄궂은 소리다. 마을에서 그 이름이 소리로 알려지기를 꺼려서 한문 글자 이름처럼 보이게 한 문패라.

한 집은 으리으리하게 지어서 잔디밭도 아주 넓다. 한참 걸어가야 안채로 들 수 있도록 해놓았는데, 문패를 보니 아무개라. 어느 날 한 시장이 무슨 옳지 못한 일에 버물렸다는 소문이 들렸다. 그러고 얼마를 지나 그 집 앞을 지나다 보니 문패가 없어졌다. 아하! 이 집 임자가 바로 그 사람이었구나! 문패 붙여놓기가 부끄러운가보다.

한 골목에는 두 사람 이름 문패가 있다. 더 정다운 것은 누구나 알 수 있도록 한글로 썼다. 시집을 가면 친정마을 이름을 따라 무슨 댁이라고 불렀는데, 안팎 이름을 나란히 했으니 얼마나 자랑스러운가. 서로 의논하고, 아껴주고, 도와가며 살겠다. 이런 문패 보는 이는 본받을 것이 있으리라. 복된 삶을 살다가 한 쪽이 먼저 가면 떼지 말고 그대로 두었다가 나중 가는 이가 그 문패 함께 가지고 가리라.

문패를 한글로 쓴 것과 한문 글자로 쓴 것을 보면 보기가 달라진다. 한글 문패는 서민다운 정감이 드는데, 한문 글자 문패는 행세끼가 있는 사람이 아닐까 싶어진다. 한문 글자는 무식한 사람이 읽지 못하므로 행세를 하는 것이고, 또 이름을 함부로 소리 내어 읽거나 들먹이지 못해야 지체 높은 행세를 한다고 보는지 모른다.

이름이 아무리 뜻 깊은 한문 글자라 할지라도 입에서 소리로 나오지 않는다면 무슨 수로 이름 노릇을 할 것인가. 누구에게나 소리로 불려지기를 꺼리는 이름은 제 이름 알려지기를 꺼리는 무엇인가 구린 것을 감추고 있을 것이다. 차라리 문패를 달지 말든지.

우리말로 지은 문패가 거리로 나붙는 세월은 좀 기다려야 될까. 두 자만이 아니라 석자 넉자 이름 문패를 보는 날에는 아름다운 우리말 이름이 찰 것이다. 글자를 가지고 지체를 행세하는 짓은 물러갈 것이고, 안팎 둘 이름 문패가 서로 아름다움을 겨루듯 붙어 있다면 얼마나 좋은 세상일까 싶어진다.

(2002. 9)

자기소개서

세상을 살면서 모르는 남들 앞에 '나는 이런 사람이오' 하고 드러내기는 좀 쑥스럽다. 우리가 나남 할 것 없이 지체 없이 살면, 별스레 '나는 이렇소' 하고 드러낼 일도 없을 것이다. 얼굴 모습이 모두 같다면 모르지만 다 다른 제 모습 그대로가 스스로를 드러내고 지낸다고 할 수 있다.

그런데, 이름이 제 모습을 갈음하여 불러줌에 소용 있는 것이라 할 수 있을까. 제 모습을 드러내는 이름을 남들 앞에 알릴 때 이것이 탈을 쓰고 나오는 수가 있다.

모임에서 한 무리에 든 사람이 되면 어쩔 수 없이 한 이름으로 알려질 수밖에 없다. 얼굴 모습에서부터 말소리나, 말투나, 예절에서 그 사람을 알게 되고, 일솜씨도 보고 마음가짐도 차츰 알게 되어, 이름이 이들을 싸잡고는 그 사람을 드러낸다.

한 일터에서 함께 지내다가 헤어져 소식 없이 세월이 흐르고서, 뜻밖에 만나게 된 사람, 이름이 생각나지 않아 손을 잡고는 몇 마디 하다가 그냥 헤어지는 수가 있다. 이럴 땐 새삼스럽게 이름을 되물을 수도 없다. 남의 이름을 잘 잊어버리는 것은 아무래도 그 사람한테 인사가 빠지는 짓이 아닐까.

함께 지냈던 사람도 이렇게 이름을 잊는데, 처음 만나서 일러주는 이름을 외워두기는 잘 안 된다. 그 자리에서 쪽지를 들고 이름을 받아 적어 둘 수도 없고.

이래서 사람 이름 외워두기를 잘 못하고, 다음에 만나면 얼굴만 알고 지날 수밖에 도리가 없다. 저 쪽에서는 나를 알고, 나는 그 사람을 모르고 지나는 수도 있다. 아마도 나 같은 사람 때문에 이름쪽지를 지녀두고 처음 알게 되는 사람한테 주는가 보다.

맞편 사람 이름을 외워두지 못하고, 내 이름 쪽지도 없다. 맞편이 나를 알아서 소용되어질 몸도 아니고, 이름 쪽지를 만들어도 이름 석자밖에 더 쓸 말이 없다. 내 이름 석자를 굳이 알려야만 살아갈 수 있는 삶도 아니다. 내 이름을 호적부에, 주민등록부에, 난 날과 어디서 살았다는 것도 적어주고, 장차 죽으면 그것도 적어 두니까.

오늘 개강식 자리에서 있었던 이야기인데, 내가 앉은 옆 자리 사람이 그 옆 자리 사람과 같은 교과를 배우는 사람이 되어, 주고받는 인사를 넌지시 보았다. 한 사람이 이름 쪽지를 서둘러 내밀어 주는데, 무슨 튯자 붙은 직함 이름 쪽지이다. 그 품을 보니 이름 쪽지 소임이 이름을 불러 달라는 것보다 직함 자랑을 더 하고 싶은 게 아닌가 하는 생각이 들었다. 이런 이름 쪽지를 내미는 사람이 하는 몸가짐을 보면, 어깨나 목에 힘을 주는 수가 많다. 글을 보고 알라고 몸가짐을 근엄하게 하면서.

그 이름 쪽지를 받은 사람은 베껴 놓은 이름 쪽지가 없는지, 흰 종이쪽을 내더니 사는 곳과 이름을 적어준다. 적어주는 사람은 아마 長자리를 못한 사람이겠다.

長자리에 앉으면 사람을 거느리고, 부리고, 그것이 삶의 보람이 되어 식함이 곧 사람값을 드러내는 것으로 아는지 모른다.

옛날 어떤 선비는 더러운 세상을 비웃고, 이름마저 감추고 지냈다 하더라.

어떤 강의를 들은 이야기이다. 한 강사는 맡은 강의를 한결같이 옹골차게 하면서, 소임을 다하기에 모자람을 아쉬워하고, 이름 알리기조차 잊고 나갔다. 이 사람은 제 이름보다 강의가 소중했으리라.

또 어떤 이는 자신을 소개하는 말을 에둘러가면서, 제 자랑 늘어놓는 말로 거침이 없었다. 이런 사람은 얼추, 강의 실속이 알차기보다는 앎을 뽐내는(衒學) 말로 흐른다. 하는 말도 유식해 보이려고 어려운 말로 하고, 칠판에 漢文 글귀도 쓰고 서양글도 자주 쓴다. 이런 강의를 들으면 '앎이 덕(德)을 이루지 못함이라'는 생각을 하게 된다. 남에게 가르치는 바가 있으면 이름은 저절로 따르게 될 것인데.

오늘 받은 강의 시간표, '자기소개서'에 '필력'을 써 내라고 해 놓았다. 필력은 筆力이라. 나 같이 筆力이 없는 사람이 筆力을 배우러 왔는데, 네 筆力이 얼마나 되는지 써 보라 했으니 낭패다. 붓글씨 쓰는 데가 아니니 글씨로 드러나는 힘을 보자 함은 아닐 것이고, 글 읽는 이에게 사무치는 힘이 얼마나 되는지를 알아보는 것이라면, 글을 써 내어 본 일이 없는 나로서는 여간 난감한 일이 아닐 수 없다.

좀 있다가 알게 된 것이 그 말이 아니라, 글을 써낸 일이 있느냐 하는 물음인 것 같았다. 이 말은 아마도 '필력'을 '筆歷'으로 써서, 글을 써 낸 이력이 있는가 하는 물음으로 갖다 맞추어 본다. 나는 무식해서 筆力을 겨우 알아도 '筆歷'을 알지를 못했다. 필력(筆歷)을 모르는 주제꼴에, 알려야 할 '자기소개서'에 내 이름 석자 말고는 무엇을 들내랴. 굳이 말할 것이 있다면, 어려운 말과 글로 주눅이 들어 살아 온 이야기이다.

겨레가 말을 하고 살았으되 글자를 만나지 못해, 漢文에 눌리어 숱한 우리말이 죽었고 힘을 펴지 못한 이야기이다. 우리말이 마침내 글자를 만나니 한글이라. 눌리고 죽어가는 우리말이 이로써 피어나는 기운을 차리게 되고, 백성은 그 말을 섞는 생기가 돌게 되었다. 말이 기운을 차리고 글이 따스한 힘을 내게 되니 겨레는 나아 갈 길이 열렸다.

글자를 만나 힘을 내는 우리 말글의 몸부림치는 세월이 오백 오십여년. 피어나는 우리 말글을 아직도 가로 막는 무리가 있다. 우리 말글이 제대로 나아가는 길을 막는 무리 말이다.

아까 말한 개강 자리에서 '자기소개'로 내미는 직함 쪽지에는 양쪽이 다 우리 글자는 하나도 없었다. 아직도 제 모습을 찾지 못하고 漢

겨레 닮기에서 깨어나지 못하고 그 힘을 부리는 무리. 이들은 남의 것을 가지고 제 것인 양, 우리 것을 누르고 업신여기면서 겨레가 밝게 나아가는 힘을 뺏는 노릇을 한다. 선조 무덤 앞 빗돌에 우리말 우리글로는 안 쓰고, 漢字를 새겨놓고 그지없는 세월에 남도록 하는 무리. 제사 지내는 이령수 글도 漢文으로 써서, 알아듣지도 못하는 소리로 읽어대는 무리. 사랑으로 낳은 제 자식 이름도 漢字로 지어주고, 제 집 오래기둥에 붙이는 제 이름마저도 우리 글자로 써 붙이지 않는 무리. 다른 나라 말글을 타 와서 우리 말글을 우집는 무리. 이것이 다 빛나게 나아가야 할 우리 겨레 삶에, 늘 가시가 되어 있다.

'자기소개'조차 제 모습이 아닌 남의 모습을 따라가는 이 판이 어서 끝나야 한다. 탈을 벗고 제 모습을 드러내는 몸짓이 수줍음을 타고 나올 때에 그 모습은 아름답다. 우리 겨레가 나아가는 삶은 제 모습을 찾아 가질 때가 아닐까. 제 몸가짐도 여기서 나오고 제 이름도 이로 하여 간직할 것이다. 이렇게 사는 것이 아마도 우리가 살아온 제 모습이 아니었을까.

(1999. 3)

재미있는 글?

나라 찾은 지가 언제인가?

나라가 갈라지고, 겨레가 갈라지고, 딴 나라 군대가 와서 버티고 있는 세월을 지내는데 이런 형편에 나와야 할 재미있는 글.

재미는 아기자기하게 즐거운 것이라. 나라 찾고 예순 세월을 지내고도 앞이 밝지 못한 시방. 우리가 어떤 처지에 놓여 살기에 무엇을 가지고 즐거운 맛이 나는 글을 쓸 것인가? 나라도 겨레도 갈라져서 살고 있는 이 처지에서, 갈라진 나라가 하나 되고, 겨레가 하나 되고, 딴 나라 군대가 물러가는 그날을 앞당기는 글이라면 얼마나 값지고 재미있는 글이 되겠는가. 이런 글을 만나기 어렵고 재미없는 글이 자리를 차지하고 있다고 할 때, 수필가는 오늘을 어떻게 보고 있다고 하겠는가? 오늘을 아니 보고 쓰는 글. 이 나라가 싫어서 떠나는 사람의

뒷모습처럼 보인다.

겨레가 한을 안고 언제까지 이대로 살 것인가? 바라보는 앞길은 빤한데 가깝고도 마땅한 이 길이 어이하여 먼 길이 되어 겨레 가슴에 응어리를 만들고 이 길을 열지 못하고 지내는가? 무엇 때문인가?

수필은 무엇을 써야 하는가? 재미있는 글은 무엇을 말하는가? 수필은 왜 오늘의 아픔을 담아내지 못하는가? 오늘의 아픔을 보지 않는 재미있는 글이 어떤 글인가? 오늘을 만들어낸 슬픈 역사를 밝히고, 잘못을 맑히고 뉘우치며 오늘의 아픔을 어루만지는 글을 만나고 싶다. 힘을 내게 하는 글, 아픈 역사 위에 서서 겨레 마음에 사무치는 글, 응어리를 풀어주고 앞날을 밝게 헤쳐 나가도록 힘을 주는 글에서 글의 재미를 찾고 싶다.

갈라진 나라가 하나 되고, 갈라진 겨레가 하나 되는 길로 가는 글이 얼마나 힘나고 즐겁고 재미있는 글이 되겠는가.

이 뜻을 품고 쓰는 글은 그 글월이 누구나 읽어서 알기 쉬운 우리말로 될 것이다. 말이 어려워서, 글이 어려워서 짓밟혀 살았다. 오늘의 슬픔을 불러온 까닭이 우리말이 피어나지 못해 백성이 힘을 잃은 데서 왔다. 알기 쉬운 우리말, 백성말이 나라를 다스리는 글말에 오르지 못했다.

읽기 쉬운 글에다 느낌을 담아내면 읽는 이를 받드는 마음가짐이고 친함을 얻을 것이다. 글은 나를 담아놓고 읽는 이를 나와 한자리로 하는 것이다. '글이 쉬워야 친함을 얻는다.' 이 생각을 놓지 못한다. 쉬운 우리말, 친한 우리말로 우리는 한 겨레로 얽혔다.

쉬운 말로 글을 쓰면 드레지지 못한가? 다 알아듣는 소중한 우리말. 겨레말이 짓밟혔을 때, 글을 쓰는 이들이 우리말의 아름다움을 빛낼 수 있어야 하고, 우리말이 그지없이 피어서 나아가도록 힘을 줄 것이다. 그런 우리글은 누구나 읽을 재미를 띠지 않을 수 없다. 글쓰는 이의 소임이 이것이 아닌가? 얼마나 큰일인가? 앎을 자랑하려고 문자를 쓰면서 어렵게 글을 쓰고, 어려워야 무슨 깊은 뜻이 있는 줄로 여기도록 하는 글은 참으로 재미없는 글일 수밖에 없다.

지난날 글이 백성말 위에 있고 글 모르는 백성이 그런 글에서 주눅들어 짓밟혔다. 백성이 글을 잘 알지 못해야 글로써 지체를 높이고 다스리는 힘이 있다고 알았던 시절, 그래도 백성은 입말로 이야기하고 노래하며 살았다.

오늘날에도 말을 어렵게 꾸며서 멋을 부리는 글을 본다. 마음에서 우러나는 느꺼움을 어떤 말로 어떻게 하는지는 그 사람의 말글솜씨지만 그 글을 보고 그 사람의 모습을 알고, 쉬운 우리말로 꾸밈없이 쏟아 낸 그런 글을 읽으면 참으로 재미있다.

우리 속담을 본다. 얼마나 깔끔하고 깨끗한지 두고두고 되뇌어도 싫증이 안 난다. 얼마나 재미있는 말글인가. 백성이 입말로 노래한 민요. 감칠맛이 나고, 서럽고 한 맺힌 삶이 잘 드러나서 눈물이 어린다. 어디 어려운 말이 있고 유식을 자랑 하는 말이 있는가? 잘 다듬어진 우리말의 재미를 무지렁이 백성말에서 맛본다.

지난날, 한문 글에 짓밟히고, 왜놈들이 쳐들어 와서 짓밟아놓고, 요새는 서양 말을 가지고 무슨 이름을 짓고, 서양글 칠갑이 아닌 데를 보기 어렵게 되었다. 나라와 겨레가 갈라져서 이 지경이 되었는데도 돈과 힘을 쥔 똑똑이들이 우리말을 이렇게 짓밟는 판을 보면 한탄스럽다. 겨레가 어디로 가려고 서양 닮기를 이토록 나대는가? 한 나라, 한 겨레로 나아가야 할 이 마당에 어인 일로 이리 되는가? 우리 말글이 짓밟히면 겨레모습이 일그러지는데 짓밟힌 우리말을 보듬고 힘 차리게 애쓰는 글을 누가 써야 하겠는가? 죽어가는 우리말을 찾아 써서 말이 살아나고, 그러므로 겨레가 생기를 얻어 힘을 차리고, 글을 읽는 보람으로 우리 모습을 가꾸어가야 한다.

겨레의 슬픈 역사 이야기가 나와야 오늘이 된 까닭을 알게 되고, 앞으로 나아갈 마음가짐을 바로 잡는다. 느껍게 우러나는 글은 갈라진 겨레의 목마름을 축이고, 한 겨레 한 나라로 나아가도록 부추기는 글에서 우리가 뜻을 모으고 지내도록 하는 재미있는 글이 될 것이다.

우리가 살고 있는 이때가 어느 때인가? 쓰지 않으면 배겨낼 수 없는 애달픈 아쉬움을 털어내어, 실눈으로 깔고 있는 겨레의 눈을 크게 띄운다. 앞을 바라보는 겨레 역사를 열고, 비극을 마감하도록 부추기는 글을 더러 만나서 읽는 재미를 보았으면 싶다.

혹시나, '재미'가 놀이에 치우친 즐거움으로 잘못 받아들여질까 봐 저어한다. 글의 힘은 글꾼이 마음자리에 갖추고 있는 역사를 보는 마음가짐에 있다. 그 말이 무엇을 말하는지와 어떻게 썼는지가 읽는 이의 재미를 부른다. '재미있는 글'이 가슴에 사무치는 힘이 있을 때 참 재미있는 글이 아니 될 것인지!

(2005. 6)

편지통을 보며

거리를 다니면서 대문간에 붙은 편지통을 본다. 거의 상품으로 파는 쇠편지통이다. 녹이 슬어 벌건 것. 광고 딱지 붙었던 자리가 얼룩덜룽한 것. 편지통 아가리에는 편지들이 꽉 차서 통 위에 쌓여 있고, 놓을 데가 없어 담장 위에도 얹어놓았다.

비바람이 쳐 길바닥에 흩어졌다. 비에 젖어 짓밟히고 차가 깔고 지나간다. 집에 온 편지를 안 치워 쌓이고 쌓이더니 저렇게 되는구나! 집은 번듯하게 잘 지어 셋방을 여러 개 나눠놓고, 편지통도 달아 오는 편지 넣어달라고 해놓았건만, 더러워진 속옷을 구경시키는 꼴이다. 방세 받는 것도 저렇게 허술할까? 세든 사람이 이사 가고 그들에게 오는 편지면 집주인이 치우고 다시는 오지 않도록 해야 할 일이 아닐까? 쌓인 편지 위에 얹어놓고 갔는데 날이 가도록 그대로 있으니 또

엎어놓고 갈 수밖에. 쌓이고 쌓이다가 비바람을 만나 넓은 땅바닥으로 휘날려 떨어졌다.

편지통 아가리가 차서 더 넣을 수 없으면 편지통 위로 엎어놓게 될 것이다. 엎어놓지도 못하면 편지통 아가리를 비집고 쑤셔 넣을 수밖에. 이 때 집배원은 양손을 쓰게 될 것이다. 얼마나 불편한 일인가? 편지통이 비어 있어야 새로 오는 편지를 받아들이는 소임을 할 것이 아닌가?

지붕 없는 대문간에 달아놓은 나무로 만든 편지통에 비가 들이쳐 10여 넌 세월을 지나니 제 노릇을 못하게 되었다. 흰 플라스틱 빈 통이 눈에 띄었다. 손잡이와 마개가 있는 쪽을 비스듬히 잘라내었더니 뒤판이 높고 앞판이 낮아 아가리가 너르다. 통 바닥 네 구석에 구멍을 뚫고, 앞판에다 번지를 써서 어깨 높이 보다 조금 낮은 그 자리에 달았다. 통 위쪽에 비가림도 붙였다. 새 차림을 한 하얀 편지통, 다니면서 보아도 내가 만든 편지통 같은 것은 없다.

부쳐오는 편지, 월간잡지, 신문 따위를 마음대로 넣을 수 있으려면 편지통 아가리가 커야 한다. 가로 20cm, 앞판 높이 15cm, 뒤판 높이 25cm쯤, 앞판 뒤판 사이가 10cm면 넉넉하다.

상품으로 파는 쇠편지통은 모양은 좋으나 쓸모는 탐스럽지 않다. 네모진 통 앞판에 여닫는 아가리가 있기는 하나 편지 넣기가 쉽지 않겠다. 편지들에는 긴 것, 두터운 것, 한꺼번에 여러 가지를 묶어서 오는 것이 있다. 이런 편지를 쉽게 넣으려면 편지통 아가리가 그래서는 안 될 것이다. 편지가 한 통만 올 때 비어 있으면 쓸 만하겠지만 뭉치가 크면 묶은 그대로 넣을 수 있어야 한다. 통 아가리를 잡고 쑤셔 넣을 수밖에 없는 편지통은 노릇을 제대로 못하는 것이다. 쑤셔 넣지도 못하면 편지통 위나 담장 위에 얹어놓고 가야 한다.

우리 마을 어느 집을 보니, 쇠편지통 곁에 네모 소쿠리를 달아놓았다. 편지가 쇠편지통으로 안 들어가고 소쿠리로 바로 들어갔다. 볼품없는 소쿠리편지통은 쓸모가 있고, 쇠편지통은 쓸데없이 붙어 있다.

한 집에 여러 집이 살면 편지가 많이 온다. 편지 오기를 바라고 편지통을 달아놓았으면 날마다 챙기고 치워야 할 일인데 그냥 쌓아두는 까닭은 무엇일까? 한 집에 사는 사람끼리 서로 베푸는 마음이 없는가 보다.

광고딱지 뗀 자리가 얼룽덜룽하다. 붙이는쟁이가 깨끗이 닦아주지는 않을 성 싶다. 편지통이 깨끗하고 비어 있으면 그 집 품이 보이고 그 집 사람들이 단정해 보인다. 편지통은 닫혀 있는 대문 밖에서 그 집안 모습을 보이는 것이 아닐까?

(2009. 10)

첫 인사

아는 이와 함께 어느 사무실에 들렀다. 낯선 이가 있어 인사 소개를 한다. 내가 먼저 이름을 대고 머리를 숙이며 손을 내밀었다. 이름쪽지가 없으므로 성과 이름 석 자를 또박또박 댔다. 저쪽에서는 이름을 안대고 표정 없이 가만있다가 손을 놓는다. '이름이 없습니까' 소리가 나오려다가 열없게 되었구나 싶어 응접석에 앉았다. 아까 'ㅈ군수'라부르기에 군수 지내고 퇴직한 사람임을 알았다. 군수 지낸 사람이면 제 이름을 밝히지 아니하는 버릇이 있나?

첫인사는 사람됨을 보이는 아주 소중한 자리다. 첫인사에서 겸손을 보이면 다음 만날 때에도 그 겸손이 풍겨 본데를 두루 갖춘 앞선 이로 대하게 된다. 벼슬자리에서 지체를 뽐내며 뻐기며 지냈더라도 처음 만난 사람과 인사할 때 겸손하게 서로 이름을 밝혀야 예의범절을 갖

165

춘 사람이 아닌가?

문학기행 가는 관광차 안에서다. 좀 가다가 앉은 차례로 자기소개를 하게 되었다. 제 이름을 똑똑하게 말하는 사람이 있는가 하면 이름 알아서 뭐하려고 싶은지 시부지기(슬그머니) 말해버리는 사람도 있다. 수십 명이나 되는 사람들이 얼굴 생김새가 다르고 말소리 가락도 다르다. 사람들이 모이면 사람 보는 구경이 볼만하다. 내 이름 말할 차례다. 내 이름 가운데 자를 잘못 소리를 내는 사람이 많아서 한 자씩 말하고 이름 내력을 말하기로 했다. 내 발등에는 새끼손가락 손톱보다 작은 점이 있다. 점은 분복이라 이 점이 다치지 않도록 성하라고 이름을 지어주셨다고 말했다. 그러니까 순전한 우리말 이름인데 호적에 올릴 때 면서기가 언문(한글)은 안 된다고 한문 글자로 올려버렸단다. 왜놈들한테 나라를 잃은 세월이었다. 시방 주민등록증에 한문 글자가 박혀있지만 한문 글자를 지워버리는 세상이 언제 올지 알 수가 없다. 누가 내 이름을 한문으로 어떻게 쓰는지 묻는 사람이 있으면 우리말로 된 한글이름이라고 일러준다.

제 이름을 말하는데 건방진 사람은 없다. 그런데 딱 한 사람 이름을 말하지 않는 사람이 있었다. 지존하신 분인가? 이름이 없나? 알고 보니 무슨 문학단체 회장이란다. '내가 문학단체 회장인데 내 이름을 말하지 않더라도 너희가 다 알 것 아닌가' 하는 투다. 내 곁에 앉은 사람도 회장 지낸 이다. 내가 있다가 '하나님은 이름이 없지요?' 하니 빙긋이 웃는다.

그 뒤 출판기념회로 가보았다. 행사 끝에 가서 이 사람이 시조에 대한 강연을 하는데 떡 올라서더니 마이크를 훅훅 분다. 빠져나갈 수 없는 자리라 끝까지 듣고 있으니, 시조(우리나라 고유의 정형시)를 시조(가계나 왕조의 첫 조상)라고 소리 낸다. 우리말 소양이 저래가지고? 우리말 바탕부터 그릇되게 굳은 사람이 문학을 하고 무슨 회장을 하면서 안하무인으로 으스대네? 교직에서 높은 자리에 있는 모양인데 사람이 좀 덜되었다.

　모임에서 뻐기고 싶은 사람은 술잔을 건네 보면 안다. 두 손으로 술을 기울이는데 목에 힘을 주고 한 손으로 받는다. 겸손이라는 몸가짐은 없다. 저런 사람도 문인이라고? 책에 실어놓은 글은 보나마나다. 진실 되지 못한 사람은 참글을 쓸 수가 없지!

(2010. 4)

한글을 깔보는 무리

국회의원 서른세 명이 내놓은 '국경일에 관한 법률'에 한글날을 국경일로 하자는 개정 법률안에 대해 '경제 5단체'가 '한글날 국경일 승격을 반대한다'고 내놓았다(6월 28일). 이들이 내세운 까닭은 일꾼들을 하루 놀리면 7,463억이나 되는 돈을 벌 수 없단다.

한글날이 어떤 날인가? 세종대왕이 우리 글자를 만든 날이 세종 25년 음력 섣달(1443)이고, 이 글자를 세상에 펴신 날이 세종 28년(1446) 음력 구월 상순이다. 우리는 글자를 지어 펴신 날을 기념해 한글날로 기린다. 북쪽도 만든 날을 기념하고 기리는 모양이다.

우리 배달겨레가 말(배달말)을 하고 살되 글자가 없었다. 세종대왕이 우리 글자를 지어내지 못했더라면 우리 겨레가 어찌되었을 것인가? 한문 글자를 가지고 우리말을 적어놓은 신라 적 '향찰'을 비롯해

'이두'니 '구결'이니 하는 글로 적다가 한문을 그대로 썼다. 이런 글을 백성을 다스리는 연모로 썼으니 말과 글이 다른 이런 세상으로는 나라가 나아갈 수가 없고 백성은 깜깜한 그믐밤으로 지낼 수밖에 없었다. 이것을 안 깨어난 임금 세종이 마침내 우리 글자를 만들어 냈으니 겨레가 빛을 만난 것이다. 이것은 우리말을 바로 적고 우리말과 우리 글이 나아감과 함께 겨레 슬기가 열리고 나라가 나아가는 길을 연 것이었다. 그러나 어찌되어왔던가? 백성을 다스리고 나라 힘을 잡은 무리는 백성이 깨면, 깃들고 지내는 지체가 무너질까봐 지체 군히는 글 한문 글자를 놓고 '언문'글을 거들떠보지 않았다. '훈민정음'을 펴고 555년 세월이 흘렀지만 이 그릇된 내림을 난사람, 든 사람이라는 무리가 이어받아 깨어나지 못하고 있다. 우리 글자로 우리말을 적고 서로 어울려 사는 삶을 누리는 것은 한 겨레로서 마땅한 일인데도 이들이 어찌하여 깨어나지 못했던가? 왜놈들이 심어놓고 간 왜말을 '조선왜말'로 만들어놓고 우리말이 맥을 못 추도록 해서, 겨레말이 죽어가고 겨레얼도 함께 사라져 가는데 이를 아는지 모르는지! 백성은 말과 글로 짓눌리고, 삶이 겨레줏대를 가지고 나아가지 못했다.

노태우 정부가 나라경제를 주무르는 무리들이 꼬드기는 소리에 귀가 쏠려 한글날을 노는 날에서 빼고 일을 시킴으로써 한글날을 시시한 날로 만들고 말았다. 정부가 이러니 이 날이 별것도 아닌 날로 알고 국기 다는 집이 드물게 되었다. 나라살림을 맡아보는 정부가 우리 말글을 어떻게 보는지에 따라서 나라가 움직이는 곬을 볼 수 있는데 나라살림이 잘되어 가겠는가? 국회의원 서른세 명이 한글날을 국경일로 하도록 법을 고치자고 지난해에 내어놨는데(2000. 10. 2) '경제5단체' 무리가 의논하고 들고 나왔다. 영어 두루쓰기(공용어)를 지껄이며 빌붙는 무리가 나타났고, 한글날을 깔보는 무리가 나타나서 우리 말글 줏대를 또 뭉개려든다. 조선 때는 한문 글로, 왜정 35년에는 왜말 글로 우리말을 죽여, '국어사전'이라는 낱말책에 왜말을 그대로 실어놓고 조선 한문 소리로 읽어서 우리말처럼 해놓았다. 나는 이런 말을 '조선왜말'이라 이름 붙여 쓰고 있는데(한글새소식 311호. 98년 7월) 이렇게 우리 말글 죽이는 무리가 바로 깨지 못한 든 사람, 난사람 속에 있는 것이다. 이들은 우리 말글이 살아서 피어나야 겨레와 나라가 줏대를 세우고 나아간다는 생각을 못하고, 우리 겨레와 나라에 힘을 뻗어 주무르는 힘센 나라를 보잡아 가지고 빌붙어서 그 말글을 타다가 상전 노릇을 하고, 따라서 이런 말 못하면 사람노릇 못한다는 판을 짜면서 우리 겨레 말글을 죽이는 짓을 하는 것이다.

현재 국경일로 정해놓은 날을 보면 삼일절, 제헌절, 광복절, 개천절이 있다. 여기서 한글날을 국경일로 해야 한다고 들고 나선 사람들이 바로 우리 말글이 나아가야 배달백성이 한 덩이로 뭉치고 겨레다운 노릇을 꾀할 수 있다고 깨친 사람들이다.

개천절. 배달겨레가 태어나서 비로소 나라를 연 날을 개천절이라 일컬어 기리고, 길이 빛날 우리 겨레가 가장 경사스런 날로 삼음이 마땅하다. 그것은 배달말을 가지고 겨레 됨을 이룬 첫 모습이기에 그렇다. 그러나 말을 적는 글자를 갖기는 참으로 오랜 세월이 흐른 뒷날로, 우리 겨레 있음이 배달글자를 갖게 됨으로써 더욱 단단해진 것이다. 말을 적는 글자, 겨레 있음을 마침내 이루어 내었으니, 어느 겨레 어느 나라에 있는 일이더란 말인가. 우리 겨레 살아온 내력에서 이보다도 더 소중한 일이 있는가. 그지없는 앞날을 두고 보아도 이보다 더한 것은 없을 것이다.

삼일절, 제헌절, 광복절이 국경일이라 하지만 왜놈 쇠사슬에 얽매인 서러운 일과 걸려 있다. 우리 겨레가 겪어서는 안 될 한 동안, 애꿎은 운명을 되새기게 하는 날들이 아닌가. 이 날들은 다 비분으로 치떨림을 새겨야 하는 날이지만 우리 배달말에 없던 글자를 갖게 된 것은 우리 겨레가 나아갈 길을 밝혀주는 만고에 다시없는 겨레등불이 아닌가 싶다. 이 빛을 피하고 사는 사람이 누구인가. 한문 글자나 서양 말글로 지체를 뽐내며 우리 말글을 깔보는 무리가 한글날을 대수롭게 여기지 않는다. 한글날을 국경일로 못한다고 나선 '경제5단체'라 하면 전국 경제인연합회, 상공회의소, 한국경영자총연합회, 중소기업중앙회, 무역협회를 일컫는다. 이들 모임이 바로 우리나라 경제를 주무르고 있는데, 이들이 한글날을 국경일로 못한다고 맞서는 까닭이 무엇일까? 내세우는 말이 한글날을 국경일로 하면 공휴일이 된다는 말이다. 그날 하루는 돈을 못 번다는 소리다.

다 노는 공휴일이 일요일 말고 16날 있다. 양력설 하루, 음력설 사흘, 삼일절, 나무 심는 날(4. 5), 어린이날(5. 5), 현충일(6. 6), 부처님 오신 날, 제헌절(7. 7), 광복절(8. 15), 한가위 사흘, 개천절(10. 3), 성탄절(12. 25), 그리고 근로자의 날(5. 1). 이렇게 노는 날이 있는데 한글날만은 노는 날로 하면 배가 아픈 것이다.

우리나라는 천하에 희한하기로 양력설도 쇠고 음력설도 쇠도록 정부가 이렇게 만들어 놓고는 한글날은 놀지 못하게 일을 시킨다.

4월 5일 나무 심는 날이라는 것이 온 나라 사람이 딴 일을 제쳐두고 나무를 심으라고 이 날을 공휴일로 한다 말인가. 산에는 나무가 짙다. 너무 짙어 산불이 잘 난다. 개발한다고 중장비를 가져다가 산을 파헤쳐서 강산을 망가뜨려놓지 나무가 없어 나무 심는 날을 정했나? 이날이 한글날보다 낫단 말인가?

5월 5일 어린이날은 어떠한가. 집집마다 아이들 태우고 먹을 것 싣고 가서 실컷 먹고 놀다가 구석구석 쓰레기를 버려놓고 가는데 그런 것 가르치는 날인가? 이날이 한글날보다 낫다 말인가?

부처님 오신 날과 성탄절을 어째서 온 나라 공휴일로 하는가? 우리나라는 야소교, 불교 말고 다른 종교는 없나? 다른 종교 날을 공휴일로 못하면 이 두 날을 공휴일로 할 까닭이 없다. 야소교, 불교가 국교인가? 이날이 한글날보다 낫고?

음력설 사흘, 한가위 사흘, 이 때를 즈음하여 오가는 차가 넘쳐나 길바닥에 쫙 늘어섰다. 차가 많아져서 길을 넓히는가? 새 길을 자꾸 내고 길을 넓히기 때문에 차가 불어나는가? 기름 한 방울 안 나는 나라에서 차는 불어나고 버스 탈 사람은 줄어든다. 차타고 오가는 공휴일은 많은데 한글날은 시시한 날이라 공휴일 대접을 못 받는가?

경제5단체가 한글날만을 공휴일에 포함시키지 않는 속뜻은 무엇인가? 한 해 일요일 52날에 토요일까지 놀게 되면 어찌할 참인가? 한글날을 국경일에 포함시키지 않는 속셈은 다른 데에 있겠다. 이들이 거느리는 어떤 회사는 영어로만 서로 말하면서 일하도록 하는 데가 있는 모양이다. 한글날을 반대하는 사람이 지니고 다니는 이름쪽지(명함)를 우선 볼 것이다. 한 쪽은 한문 글자로만, 다른 쪽은 영어로만 써서, 한글 따위는 한 자도 쓰지 않음으로써 지체를 뽐냄이 틀림없다. 이런 무리가 한글날을 국경일로 하자고 나설 턱이 없고, 영어 두루쓰기(공용어)에는 뽐내는 지체와 어울리게 쳐들고 나설 것이 틀림없다. 그 고리가 바로 내 것 버리고 다른 나라 섬기는 망조 그것이 아니고 무엇인가?

한글날을 국경일로 함은 배달겨레와 배달땅과 배달말과 배달글자 세우는 것이고 나라 줏대를 똑바로 세우는 일이다. 이 마땅한 노릇을 깨닫지 못하고 힘 세고 큰 나라에 빌붙어 그 말글 배우기에 미쳐서 제 겨레 말을 짓밟았다. 조선시대에는 한문으로 백성을 눌렀고 왜정 때에는 왜말을 익혀 왜놈 앞잡이 노릇하고 이제는 한글날을 세우면 큰 나라한테 빌붙어 돈벌이하는 데에 걸림돌이 될까 싶어 한글날이 국경일이 안 되게 짜고서 훼방을 놓는다.

우리말을 적는 배달글자 한글이 없었더라면 우리 겨레는 어찌 되었을 것인가? 우리 글자를 지어서 쓰기 좋도록 해놓았는데도 백성을 다스리는 무리는 이 값진 글자를 부리지 못하고 천대했으니 오늘날 이렇게 겨레와 땅이 갈라진 채로 쉰여섯 해가 흘렀다. 이쪽은 여전히 언제 떠날지 모르는 아메리카군(미군)이 진을 치고 있는데도 한글날을 시시하게 볼 참인가?

우리 글자가 누구 힘으로 오늘까지 살아 왔는가? 한글날을 국경일로 하면 안 된다고 지껄이는 무리들은 누구인가? 일꾼들도 사람대접 좀 받으면서 일 잘하고 지내자고 한 주에 닷새 일하기를 외친다. 백성이 살아온 내력과 천대 받는 한글이 서로 동무가 되어 한 길로 간다.

한글날을 국경일로 하자는 것은 바로 우리말과 우리글을 받드는 것이요, 일하면서 살아가는 백성을 받드는 것이다. 한글날을 국경일로 함으로써 배달겨레가 우리 말글과 함께 바로 서고 갈라진 겨레가 하나 되는 길이다.

온 누리에 오직 우리 배달겨레만이 간직한 이 빛이 온누리를 환하게 비추는 등불이 됨을 배달겨레 핏줄이거든 좀 깨닫기 바란다.

정부는 만고에 빛나는 한글날을 우리 겨레 으뜸가는 경사날로 하라.

(2001. 7)

174

천하 고요

휴전회담이 매듭이 지어지려는데 후방 국민은 휴전 결사반대를 외쳤다. 날마다 시위가 벌어진다는 소식이 전선까지 들렸다. 광복을 맞았으나 나라를 외세가 갈라놓고, 전쟁 불씨를 배더니 수백만 목숨이 이 강산에 피를 쏟고 갈라진 나라를 한하며 갔다.

제주도 신병훈련을 마치고 전선에 배치되기까지는 이틀 만이다. 훈련 중에 배를 곯고 쓰러지는 사람을 한 내무반에서 보았다. 토해 놓은 것을 손가락으로 긁어 먹는 사람도 보았다. 나라 위해 전선으로 가야 하는 훈련병 처지가 서글펐다. 군용 개인 반합, 아래 금에 못 미치는 밥이 마주앉은 두 사람 몫이고, 콩나물국은 그런 반합에 반 그릇 되게 담았는데 둘 둘 네 사람 몫이다. '식사 개시'라는 군호가 떨어지면 '완전무장'(숟가락)이 국그릇에 떠 있는 콩나물 건더기를 먼저 건져야 했다. 1/2보다 1/4을 먼저 차지하려는 생존투쟁. 밥을 먹고 나면 배가 더 고팠다. 훈련을 마치고 부산으로 오르면 제주도서 바짝 마른 북어가 온다고 했다.

춘천 보충대를 떠나며 먹지도 못하는 '쐬주'를 한 병 샀다. 어느 전선으로 갈지, 살아서 돌아올지를 알 수 없는 이 운명에, 목마름에 물을 마시듯 곯았던 뱃속으로 부었다. 요란한 총포소리가 불을 달고 머리 위로 날아간다. 대대로 갔는데 대대장이 나와서 눈을 부라리며 신병을 얼러댄다. 그 모습이 몹시 사납게 보였다. 중대, 소대, 분대로 보충되어 보니 함께 온 신병이 반이다.

선임자들이 이르는 말을 듣는다. 죽음이 바로 순간이라는 것이다. 두려움에 살이 떨리는 증상이 일어났다. 진정할 수가 없었다. 춥고 배고픈 훈련소는 복된 곳이었구나! 두고 온 부모 형제, 무운장구를 목이 터져라 외치던 제자들! 내가 어디로 갔는지 모를 그들. 먼 고향 그리운 그들.

총알이 귓전으로 날아가고 포탄이 곁에서 터진다. '쾅' 히고 터지며 파편이 핑핑 날았다. 이 몸서리나는 소리. 공중으로 치솟은 흙, 자갈 먼지가 쏟아지며 나를 덮는다. 터지는 파편을 바로 맞으면 이 그리움을 안고 어떻게 갈 것인가? 터지는 포탄에 외마디 소리를 지르며 죽어가는 전우를 본다. 이 고약한 역사를 저지른 까닭을 한한다.

비가 내린다. 주검에서는 구더기가 들끓었다. 강원도 높은 산 칠팔부 능선에 교통호를 파고 진을 치고 있는데, 대대 취사장에서 지은 주먹밥을 빈 실탄통에 담아 노무자들이 지고 이 험한 산길을 타고 오른다. 비탈에 기대고 쉬는 동안에 그 구더기가 밥내를 맡고 기어들었다. 한 덩어리씩 전해지는 주먹밥을 이틀만에 받을 수도 있었다. 비 맞는 주먹밥에는 구더기가 붙어 기었다.

임무 교대로 들어갈 때는 소총 대신 대검을 차고, 수류탄과 야전삽과 흙 담아 쌓을 빈 포대만이 소용 있었다. 터지는 포탄에 튀는 흙먼지에 소총 놀이쇠가 움직이지 못한다. 내 몸을 엄패할 호가 이내 무너지므로 흙자루에 흙을 퍼담아 차패를 해야 하고 수류탄은 안전핀을 펴서 재어놓고 적이 떴다하면 핀을 뽑아 겨눌 것도 없이 아래로 던져야 한다. 낮에는 마주보는 적진에서 직격탄과 포를 쏘아대고, 밤중이 지나거나 비오는 밤이면 틀림없이 달라붙는 공세. 밤새도록 예광탄을 쏘아 공중에서 밝혀 놓아도 적은 묘하게 기어오른다. 눈을 감고 졸았다 하면 방어선은 뚫리고 만다. 그리운 고향, 그리운 제자들. 딱 한 번만 보고 싶다. 사무치는 이 그리움을 달랠 수 없었다.

귓전으로 스치는 포탄 소리가 예사롭게 느껴지도록 길이 들었다. 포탄 떨어지는 탄막지점에서도 한번 떨어진 그 자리는 거푸 떨어지지 않는 것을 알게 되었다. 막 떨어져 패인 구덩이로 번개같이 몸을 날려 뛰어드는 날랜 움직임. 무운 장구를 빌어준 그들의 뜻을 하늘이 돌보아준 것일 수밖에 없다.

휴전이 가까워지는 어느 날, 임무 교대로 나오면서 중대본부 작전계로 배속되었다. 포탄이 떨어지고 작렬하는 폭음은 어디서나 마찬가지다. 1953. 7. 27. 상오 10시 작전 명령, '오늘 하오 10시에 전투 중지.' 마침내 휴전이 되는구나! 그리움, 그리움, 12시간을 죽지 않으면 세상을 본다. 쌓아 놓은 탄약을 없애버리려는 듯 막 퍼붓고 터지는 소리는 더하다. 터지는 소리에 비명을 지르는 소리, 몇 시간을 못 살고 가는 전우야. 저녁이 내린다. 다가오는 열 시, 기나긴 낮을 보내고 어둠을 맞으니 이제 몇 시간, 죽음으로 옥죄는 이 터지는 소리가 멎으면 이 전쟁이 끝난다. 온 밤 열 시.

보름이 아래였다. 포연이 쌓인 골짜기는 구름인 듯 안개인 듯 흐릿하게 끼었다. 달이 없으면 짙은 어두움을 예광탄이 밝힌다. 오늘 밤 달은 흐릿한 구름 사이로 제법 밝게 비춘다. 아홉시 반이 지난다. 작렬하는 굉음이 사라지기 시작한다. 일분, 일분 지날수록 터지는 소리는 줄어든다.

비극이 끝나는 20분 전, 10분 전, 쏘고 터지는 소리가 거의 멎는다. 전우들도 숨을 죽이고 열시를 기다린다. 고개를 들어 달을 본다. 고향에서도 저 달을 쳐다볼 것이다. 구름인가 포연인가 어룽어룽 끼인 내를 뚫고 달빛이 내린다.

열 시다. 아, 고요다. 이 강산 싸움터에 천하 고요가 왔다. 터지는 소리에 죽고 죽는 이 강산에 고요가 왔다. 어스름 달빛이 내려다본다.

이튿날 28일, 천하가 어제와 다르게 이토록 고요한 새 아침이다. 누구 할 것 없이 밖으로 나왔다. 소리를 질러댄다. '어머니! 아버지!' 하고 지르는 사람, '야아 끝났다, 끝났다' 하고 미친 듯이 돌아 다니는 사람. 멀리 고향에서 나를 위해 비손하는 아버지 어머니를 그린다. 입대할 때 내게 매달리며 울부짖던 학생들을 그린다. 전쟁이 끝난 하늘을 보고 해를 보고 가슴에 벅차오르는 이 사무치는 그리움을 그들에게 쏠 수 있게 되었다.

입대하고 소식을 전할 수 없다가 첫 휴가를 받아 고향으로 간다. 가는 길목에 내가 있었던 학교를 먼저 들렀다. 온 벌판으로 울부짖던 울음소리, 목이 터져라 무운장구를 외치던 아이들은 졸업을 했다. 교탁과 칠판을 쓰다듬고 아이들 책걸상을 어루만졌다. 쌓였던 그리움이 터져나와 견딜 수가 없었다. 못 견디게 그립던 그리움이 총탄과 파편으로부터 나를 구했다. 이 교실을 다시 찾아올 수 있었던 기쁨이여!

차가 없는 고향 길을 걸어서 집에 들어서니 내가 살아왔다고 아버지 어머니는 흐느꼈다.

(2009. 8)

'당항포'는 놀이터인가

　4백 7년 전 임진년에 이곳으로 쳐들어 온 왜놈들을 이순신 장군과 용맹한 우리 군사들이 쳐부수어 고기밥이 되게 한 싸움터가 바로 이 당항포다.

　이 싸움터를 알리는 말이 '국민 관광지'라 해놓았다. 국사교육을 잘 해야 할 오늘날에, 나들이 하는 사람들이 이 '관광지'라는 말을 보고 와서, 배 닿는 나루터에 즐비하게 매어 놓은 놀잇배와 뭍에 있는 놀이틀을 보고, 그때의 싸움터를 되새기는 마음이 얼마나 일 것인가. 임진년 싸움터가 놀이터로 바뀌고, 바로 곁에 호텔을 짓느라 뼈대를 세워 놓았는데 이 집이 다 되는 날에는, 놀러 와서 자고 가는 '관광지'가 된다. 우리 겨레가 피 흘려 싸운 옛터를 찾는 것은 오로지, 외침으로 할퀸 겨레의 아픔을 되새기고, 다시는 어느 놈도 넘보지 못하도록 마음을 가다듬고 굳센 힘을 다지는 데 그 뜻이 있지 않을까.

'국민 관광지'라는 이름에 걸맞는 호텔과 놀잇배와 놀이틀 같은 것들은 이곳에서 일어나는 피끓는 역사의식을 일깨우기보다 흐릴 것이다. 우리 역사에서 크게 내세워야 할 이 싸움터로 찾아오는 사람들의 마음가짐을 가다듬게 할 이름(보기: 임진 갑오년에 왜놈들을 무찌른 곳, 또는 임진 갑오 싸움터)으로 해야 할 것이다. 우리 땅을 짓밟은 왜놈들을 이 당항포에 와서 다시 깨닫게 하고, 앞으로 살아가는 우리와 자손들에게 굳센 마음을 가지도록 깨우치는 바가 있도록 할 이름이면 좋을 것이나. 놀이터를 떠올리게 하는 '관광지'라는 말은 왜놈들을 쳐물리친 거룩한 선조께 경망스런 말이 될 수 있다. 조선조의 권위를 상징하는 '창경궁'을 왜놈이 '창경원'이라 이름을 갈고, 짐승들을 가두어 놓고 구경하게 한 소행이 이곳에 붙인 '관광지'라는 말로 인해 떠오른다. 아직 짓고 있는 호텔은 역사를 알게 하는 수련장으로 만들어야 할 것이고, 놀잇배를 치우고 그날의 거북선을 다시 만들어 띄워 지난 일을 생각하게 할 일이다.

숭충사 들머리에는 왜적을 쳐부수어 공을 세운 이들의 직함과 이름을 죽 적어 놓았고, 마무리 글에는 전승 기념 사업회가 한 일을 굳이 말했다. 적을 쳐 물리친 군사는 직함이 있는 사람만이 아니다. 이름 없는 군사들이 씩씩하게 싸운 모습도 잘 새겨두어야 한다. 안 보이는 그때를 그려볼 수 있도록 적어 둔다면, 왜놈들을 쳐 물리친 모습을 더 잘 떠올릴 것이다. 그 글에는 당항포와 오리량이라는 곳 이름이 있는데, 땅 그림을 곁에 붙여 놓는다면 그 곳이 어디인지 볼 수 있을 것이다.

　'당항포'는 한문 글자로 唐項浦라 했다. 당나라 唐자가 당나라와 무슨 내력이 있는가 싶었더니, 그 곳 땅 모양이 닭 목처럼 생겼다고 '닭목'이라. 이는 '당목'으로 소리나고 '목'을 목(項, 항)으로 불러서 당항(唐項)이 되었다. 이것은 다 한문 글을 윗자리에 두고 쓰는 벼슬아치들이 이 고장 백성이 지어 부르는 이름을 업신여기고 붙인 이름으로 보인다. 포(浦)는 우리말로 물가, 또는 갯가라는 개라. 그러므로 이 고장에 대대로 살았던 지난날 백성말로는 '달구목개'라고 하지 않았을까 하고 생각해본다.

　이순신 영정을 모신 집 이름도 숭충사(崇忠祠)라 해놓았다. 뜻으로 새겨서 잘 읽을 사람이 드물 것이다. 우리말 우리글로 이름 지어 붙인다면 누가 보아도 잘 알 수 있을 것이 아닌가?

(1999. 10)

한글만 쓰기와 국회의원 뽑기

내년에는 16대 국회 의원을 뽑는다. 처음 국회의원이 '한글전용법'을 마련(1948)한 것은 우리 한글이 나아가는 새 길을 여는 일이었다. 그때까지 한문 글자에 억눌린 우리 말글이 새롭게 힘을 펴고, 온 겨레가 제 모습을 찾을 수 있게 되었는데, 그 '한글전용법'이 '대한민국의 공용문서는 한글로 쓴다'라 해놓고 '다만, 얼마동안 필요할 때에는 한자를 병용할 수 있다'는 말을 붙여놓았다.

그때 형편으로는 이 '다만'을 안 붙일 수 없었다고 할 수도 있겠지만, 내가 보기로는 이 '다만'을 붙이지 말았어야 옳았다. 어째서 그런고 하면, 한글을 만들고 500년 세월 동안에도 한자를 썼고, 앞으로도 '필요한 때에는 한자를 병용할 수 있다'고 했으니, 한자를 그대로 쓸 수 있다는 말로 되어버린 것이다. 이 법을 만들고 50년 세월이 지나도록 '한글전용법'을 지키지 않으니 말이다. 그 '얼마 동안'이라는 말도 한정이 없는 말이다. 또, 이 '한글전용법'이 대한민국의 '공용문서'만의 '전용'이니 '사용문서'에서는 한자를 써도 되는 일일까?

'한글전용법'에 있는 몇 낱말을 가지고 살펴보자. 우선 '전용'이라는 말이 헷갈리는 말이다. 이 말이 무슨 뜻인가 하고 낱말 책에서 찾아보니(한글 학회 우리말 큰사전) 全容,全用,轉用,悽容,專用 이렇게 나온다. 이들에서 다섯 번째 있는 專用인데 이 말의 세 가지 쓰임으로

(1) 남과 같이 쓰지 않고 혼자서만 씀(전화 전용)

(2) 일정한 한 가지만 씀(한글 전용)

(3) 일정한 부분에만 한해 오로지 씀(전용 술어)

라 들어 놓았는데 (2)로 사용된다. 한자말로 한 '전용'이지만 이 낱말이 왜말 專用(셍요)를 타 온 조선 왜말로 알고 있다.

'한자를 병용할 수 있다'는 '병용'은 어려운 말이다. 그 뜻인즉 한글을 써 놓고 한자를 곁에 붙여 쓴다는 말이다. '한글전용법(專用法)'처럼.

"대한민국(大韓民國)의 공용(公用)문서(文書)는 한글로 쓴다. 다만, 얼마동안 필요(必要)할 때에는 한자(漢字)를 병용(倂用)할 수 있다." 이렇게 되는 것이다.

이 '한글전용법' 41자에서 한자를 '병용'하면 한자가 17자나 된다. 한글을 지키고 나아가게 하려는 말이 이리 되어서는 한자말이 힘을 부릴 수밖에 없다. '한자 병용'을 하지 않아야 우리말로 살아가는 백성 쪽에 있는 말(법)이 된다.

184

한자를 모르는 백성에게 이 '한글전용법'이 무슨 소용이 있는가? 한자를 쓰지 않으면 모두가 읽을 수 있다. 다만 그 말이 쉬운 우리말로 할 수 있는 데도, 한자로 된 어려운 말로 하니까 글이 어려울 뿐이다. 왜 어려운 말로 하는가? 쉬운 백성 말은 무식한 말이고, 어려운 한자말은 유식한 말인가? 이 잘못된 생각이 먹물 든 무리가 굳혀 가지고 그대로 내려오는 것이다.

'어버이를 섬겨야 하고, 자식을 사랑해야 한다'는 법이 없듯이, 우리말을 아끼고 말을 그대로 적는 한글을 부려 쓰는 것은 법으로 정하시 않아노 마땅히 지킬 일이다. 한글을 천대하고 한글만으로 적지 아니하는 놈을 벌주는 그런 법을 만들어야 옳지 않은가? 말과 글이 백성 쪽에 있다고 보아야 이런 법이 나오고 바로 될 것이다.

되찾은 우리나라는 오로지 한글만 쓰기로써, 새 기틀을 세워 나아가야 500년 세월 동안에 짓밟힌 한글이 제 빛을 낼 것이고, 세종께서 한글을 만든 뜻이 바로 드러날 것이었다. '훈민정음'을 만들어 펴고 이어서, '한글만 쓰기'를 펴 왔더라면, 500년 세월을 보낸 그때(1948년), '한글전용법'을 만들 일도 없었을 것이다.

세종께서 지어낸 우리 글자가 백성 말을 그대로 적어 내도록 함에 아무 모자람이 없고, 우리말이 잘 피어나게 되었음에도, 양반 사대부 무리는 천한 백성이 하는 말을 적는 글자라 하여, 이 글자를 받아들이지 않았다.

백성이 깨어날 길이 '훈민정음'으로 열렸으되, 그 길은 밝지 못했다. 백성이 깨고 나라가 밝게 나아가려면 말을 그대로 적는 글자를 가져야 하는데, 양반 사대부 무리가 우리 말글이 아닌 한문을 떠받들며 권세를 누리는 판에 백성 말과 그 말을 적은 우리글이 힘을 펼 수가 없었다.

백성 말이 그대로 글말로 쓰여 나라말로 오르고, 그 힘으로 나라가 떨쳤더라면, 잃었던 배달 땅 고구려를 되찾았을지도 모른다는 생각을 해본다. 백성 말과 그 글자를 깔보는 것은 백성을 깔보는 것이고, 백성을 깔보면 나라 힘은 시들 수밖에 없다. 이웃 나라가 쳐들어오매 임금이 그 집을 떠나고, 나라는 쑥대밭이 되는 난리를 겪게 되는 것이다.

말과 글이 백성을 깨게 하고, 한 겨레가 되게 하고, 나라를 굳건하게 만드는데, 양반 사대부는 그들이 누리던 한문 말글 터전에서 나라가 위급함을 겪었어도 그 울타리를 걷어치우지 않았다. 그 터전에서 무슨 힘이 나왔겠는가?

한문 말글 터전으로 마침내 나라 잃는 백성이 되었다가, 되찾은 이 땅이 남북으로 동강나기에 이르렀다. 500년의 어리석은 우리 말글 천대가 50년의 피맺힌 한을 안고 지나가게 되지 않았는가?

우리는 이제 백성이 간직해 온 배달말과 이를 적는 한글만으로 온 겨레가 힘을 얻어 갈라진 남북이 다시 하나 되는 날을 맞이해야 할 것이다.

백성이 하는 말글을 천대하고 다른 나라 말글을 권세 잡는 연모로 여기던 지난날의 그 잘못이 이제 없어졌는가?

중화를 섬기던 한문 글자가 그대로 권위가 있다고 여기고 있고, 왜놈 앞잡이 조선 왜놈이 왜말을 타다가 조선 왜말을 만들어 놓고 붙들고 있고, 서양 말글을 타와서 세계화 길잡이라고 우쭐대며, 세 살 박이 아이한테도 일찍부터 서양 말글을 가르쳐 놓아야 서양 앞잡이 노릇을 할 거라고 믿는 사람이 있게 되었다.

나라 살림살이를 맡아 보는 국무총리가 한글만으로 써야 할 '공용문서'에 한자로 된 말에 한글은 쓰지 말고 한자를 쓰도록 시키고, 주민등록중 이름에도 한자를 쓰라고 시켰다고 한다. 나라 살림살이를 맡아보는 국무총리가 우리 글자 한글을 깔보고, 백성이 바라는 뜻에 등을 돌리고, 제 멋대로 한자 쓰기를 시키는 권한이 있는가?

앞으로 나아간 우리 한글 쓰기가 누구 힘으로 이루어 놓은 줄을 아는가? 조선조 때는 양반 사대부 무리에 눌렸던 백성이 어깨너머로 배우면서 얻어 익힌 우리 말글을 간직해왔고, 나라 잃은 동안에는 한글 학자들이 목숨을 내놓고 갈고 지킨 우리 말글이다. 나라 찾은 지 50년. 백성이 임자인 나라가 됨에, 우리말과 우리글은 우리 겨레 바로 그것이다.

배달겨레가 배달 땅에서, 배달말로 살면서, 하늘에서 내려 받은 글자가 바로 세종께서 지어 펴신 배달 글자 훈민정음 한글이다. 배달말과 배달글자는 배달겨레가 되어온 뼈요, 피요, 살이요, 얼이다. 이 우리말과 우리글에다가 한문 글자 섞어 쓰기를 하려는 것은 우리 겨레를 휘젓자는 것이다. 우리말과 우리 글자 한글은 바로 우리이기에 이를 가꾸고 피어나게 한 것이다. 백성이 임자인 나라는 백성 뜻이 하늘 뜻이다. 백성이 그 삶과 함께 가꾸고 길러온 우리 글자를 누가 휘저을 참인가? 백성은 깨어 있다. 깨어 있는 백성을 모르고 백성한테 등을 돌리고 우리 말글을 휘저을 것인가?

우리는 한글을 갖고서 550년이라는 긴 긴 세월을 보내고도 한글만 쓰기를 못하고 있다. 백성 말(배달 말)과 우리 글자 한글을 깔본 옳이 어찌 되었는가? 이 나라가 앞으로 어찌 되기를 바라는가?

***

국회의원 선거 때는 누가 시키지 않았는데도 한글만으로 이름과 알림 글을 쓰다가, 당선이 되고 나면 이름 쪽지에 한글은 싹 없어진다. 속과 겉이 다른 이런 국회의원을 또 뽑아야 할까.

국회의원 하고 싶어 나온 사람이 다음과 같이 하겠다면 표를 찍어 주겠다.

하나; 한글전용법에 붙어 있는 '다만, 얼마동안 필요한 때에는 한자를 병용할 수 있다'를 떼어버리고, 한글만으로 글을 안 쓰는 놈에게 벌주는 법을 만들겠다면,

둘; 국회의원 자리에 있는 제 이름패를 한글로 쓰겠다면,

셋; 국회의원이 되고서 한글만으로 쓴 이름 쪽지를 지니겠다면,

넷; 국회 방 안 앞 벽에 붙어 있는 무궁화 꽃 속에 있는 한문 글자를 한글로 고치겠다면,

다섯; 앞가슴에 붙일 국회의원 금쪼가리를 한글로 고치겠다면,

여섯; 한글날을 우리 겨레의 가장 큰 명절로 삼겠다면,

일곱; 제 집 문패를 한글로 썼다면,

여덟; 우리말과 한글로 적지 않은 간판과 상품과 광고는 우리 말글을 천대하고 겨레 얼을 등지고 돈을 벌었으므로, 번 만큼 나라 살림돈(세금)을 바치도록 한다면,

이런 사람한테는 표를 찍어 줄 것이다.

또, 우리 말글에 대한 위와 같은 생각을 하는 정당이 있으면 그 정당을 도울 것이다.

나는 늘 생각해왔다. 우리말과 우리 글자 한글이 배달 백성의 보람임을 아는 사람이 나라 살림을 맡아 다스려야, 우리나라가 잘 되어 나가리라고. 쉬운 우리말을 우리 한글만으로 써야, 우리 겨레가 하나 되어 서로 껴안는 그날이 어서 올 것이다.

온 누리 글자 중에서 으뜸으로 빛나고 있는 우리 글자 한글과, 우리말을 갈고 닦아 잘 부려씀으로써 온 누리에서 우뚝 서는 배달겨레가 되는 날이 머지 않은 앞날에 올 것이라 나는 믿는다.

(1999. 7)

189

글말이 입말을 따라가야

[섬]

바다에는 섬이 많다. 배를 타고 가다가 섬을 보면 누구나 섬이라 한다. 섬에 사는 사람들도 다 섬이라 말한다. 땅 그림책에 적어놓은 우리나라 섬 이름을 보면, 섬이라고 적어놓은 말이 없다. 모두 '도'라고만 해놓았다. 섬을 보고 하는 소리가 '도'가 보인다고 하는 사람 아직 못 보았다. 같은 땅 그림책에서 다른 나라 섬에는 '도'라 안하고 섬이라 해놓았다. 이거 알다가도 모를 일이다.

입말 그대로 섬이라고 하면 글이 백성 편에 든다고 누가 못하게 하는 놈이라도 있단 말인가? 제주섬, 남해섬, 거제섬, 영도섬, 울릉섬, 강화섬, 이렇게는 못하나?

[다리]

개울을 건너는 징검다리, 외나무다리, 돌다리, 출렁다리, 구름다리, 굴다리, 고무다리, 나무다리, 쇠다리, 공굴다리, 다리집안 참 많다. 큰다리, 작은다리, 긴다리, 짧은다리, 낮은다리, 높은다리, 굽은다리, 곧은다리, 뜬다리. 서울에는 강물이 불어나면 물에 '잠기는다리'도 있더라. 다리밟기, 다리놓기, 다리받침, 다리턱, 다리기둥, 다리목, 다리발. '다리' 붙은 말이 이렇게 많다.

우리 다리 이름을 한강다리, 남해다리, 거제다리, 강화다리, 영도다리 이렇게 써야 하는데 다리에 써 붙여 놓은 다리 이름을 보면 모조리 '교'자다. 가르치는 집 이름도 '교'자를 붙인다. 다리 이름인가 집 이름인가? 백성말은 다리라 하는데, 벼슬아치들이 말하고 글하고는 되놈 글자 '橋'자를 한글로 읽어서 백성말과 다르게 한다. 글이 입말을 안 따라가고 되놈 글자말로 한다. 입말로 무슨 '교'를 건너간다고 하는 놈이 없는데, 다리이름을 어째서 입말대로 안하는가?

우리는 언제쯤 백성 입에서 나오는 산 말 그대로, 글말을 부리며 살아볼꼬. 아마도 백성이 임자인 나라가 되어야 하겠지.

[절]

우리 고장 창원에는 곰절이 있다. 임진왜란 때 타버린 이 절을 다시 지으려고 쌓아둔 나무를 곰들이 하룻밤 사이에 날라다 놓아서 절집을 지었다. 이래서 곰절이라 일컫게 되었단다. 그런데 이 절에 가보면 '곰절'이라고 써 붙여 놓은 말이 없다.

우리나라에는 많은 절이 있지만 무슨 '절'이라고 써 붙여 놓은 절집이 있는지 들어보지 못했다. 우리는 누구나 절에 간다고 하지, 무슨 '사(寺)'에 간다고 하는 사람 없더라.

이름 높은 한 스님이 '사(寺)' 대신에 좋은 우리말 '절'을 써 붙이는 데 앞장선다면, 참으로 거레말을 아끼고 사랑하는 스님으로 빛날 것이다.

(1997. 1)

배달백성이 임자인 나라말

우리 배달말이 힘을 펴지 못하고 죽어가게 된 것은 힘 잡은 무리가 앞장서 백성말을 누르고 힘센 나라 말글로 백성을 부리는 연모로 씀으로써 비롯되었다. 백성을 부리고 누르는 것은 백성말을 낮보고 푸대접하는 것이었다. 겨레가 함께 쓰는 가장 소중한 연모가 말인데 백성이 두루 쓰는 겨레말을 나라말로 삼으면 힘을 차지한 무리가 제몫을 잃는다고 생각한 것이다. 진작부터 나라 힘을 백성과 함께 두루 두루 나누어 갖는 백성말로 했더라면 벌써부터 백성이 임자인 나라로 나아갔을 것이다. 임금 세종은 겨레말을 담고 가꾸고자 배달글자를 애지어 내었다. 이보다 더 값진 것은 없다. 참으로 우리 배달겨레 앞날에는 복된 삶을 바라볼 수 있게 되었다.

그러나 애꿎은 일은 우리말(백성말 배달말 겨레말 나라말)을 갈고 빛내는 일에 뜻을 두는 임금이 없었다. 글이면 중국한문이요, 나라를 다스리는 모든 말글이 오직 한문자였으니 백성이 나라 밑이라 하면서 백성이 가꾸고 간직한 겨레말을 대접하지 않았다. 말은 죽어갔고 백성은 눌리고 부려지기만 하니 살아가는 힘을 펼 수가 없게 되고 나라는 거덜날 수밖에 없었다.

오늘날은 어떠한가. 나라를 다스리는 사람들이 나라 밑 백성이 나라를 나아가게 하는 바탕 힘이라는 것을 깨닫고 있는지? 그런 것 같지 않다. 아이들을 가르치는 말을 보라. 우리말보다 들온말이 훨씬 많고 배워갈수록 더해간다. 배웠다고 하는 사람들이 쓰는 말글이 이렇게 되어 쉬운 우리말을 버리고 어려운 말글로 함을 배운 값으로 삼는다. 쉬운 우리말은 못 배운 사람이 쓰는 말이지 배운 사람은 쉬운 우리말을 안 쓰는 것으로 안다.

나라살림을 맡아 보는 집 이름에 우리말로 되어 있는 것이 있는가? 나라를 다스리는 법에 쓰는 말에 우리말이 얼마나 있는가? 우리 겨레가 두루 아는 쉬운 말이 나라말로 오르고 우리말에 없는 말은 알아듣기 쉬운 우리말로 새로 지어서 나라말이 백성말로 되도록 하는 데 힘쓸 새로운 나라 임금(대통령)을 기다린다.

보기를 몇 낱말만 들어보자. 우리말에 '서로'가 있다. 배달겨레는 이 말을 아득한 옛날부터 쓰는 말인데 한문 받드는 무리는 백성말 '서로'와 다르게 '호상'이라 했다. 이 말을 왜놈들은 글자 차례를 바꾸어 '상호'라 써서 '소오고'라 하는데 왜놈한테 배운 조선 사람이 이 '서로'라는 배달말을 왜말 '상호'라 배워 나라를 찾으매 '상호'라 한 것이다. 우리 땅 북쪽 사람들은 '호상'이라 한다.

'둘잡이'라는 백성말이 있다. 한문 글 떠받드는 무리는 '일거양득'이라는 문자말로 유식하게 말한다. 왜말로는 '일석이조(잇세끼 니죠)'라 하는데 이는 서양 말 'To kill two birds with one stone'을 뒤치어 쓰는 말이고 왜말을 배운 무리 중에는 배달백성말 '둘잡이'도 아니고 조선한문 '일거양득'도 아닌 '일석이조'라 지껄이는 것이다.

요즈음 날마다 듣는 소리로 '수순'이란 것이 있다. 이것이 왜말 데 쥰(수순)을 조선 왜말로 한 것이다. 이런 조선왜말을 어떤 무리가 지껄이며 퍼뜨리는가 하면 무엇을 좀 배우고 안다고 하는 사람이고 났다고 뻐기는 사람이나 힘깨나 부리는 사람들이 이런 말을 한다. 우리 배달백성은 우리말로 '차례'라 하고 유식한 사람은 '절차'라고도 한다.

이승만을 첫 '대통령'으로 앉힐 때 '대통령'이란 말이 몹시도 낯설었다. 내 딴에는 뜻풀이하기로 '영토를 통할' 하는 큰(대)일꾼이겠거니 생각했다. 그런데 이말 소리느낌이 대통(담뱃대 대통) 대통(짤막하게 자른 대나무 도막) 대통(운수가 트임) 대통(임금자리를 이어받기) 이런 것이 떠올라서 헷갈리는 '대통'이었다.

나라를 다스리는 큰 으뜸 일꾼이라면 배달말 '임금'을 오늘날에 다시 쓰면 좋을성 싶은데 이 '임금'을 다시 쓰게 되면 옛날처럼 임금나라가 되는 것일까? 백성이 표를 찍어 뽑는 임금인데 대물림하는 임금이 될 수는 없을 것이다. '임금'이라 부르면 백성 위에서 뻐기는 대통령 보다 훨씬 따뜻한 느낌이 든다. 어째서 그럴까?

이 '대통령'이란 말을 왜말에서 보니 백성이 임자인 나라에서 나라 다스리는 으뜸 자리에 있는 사람을 가리키기도 하고 또 한 가지는 '노릇바치'가 놀음놀이에서 그 솜씨가 뛰어나 신명을 일으키면 그를 기리는 말로 지르는 소리가 '요, 다이또오료다'(대통령이다)하는 것이다. 그래서 이 '대통령'이란 말도 왜말을 타온 조선왜말이겠구나, 하고 생각한다.

'문민정부'라는 말은 김영삼 정권이 들어서면서 쓰인 말이다. 나는 이말 뜻을 몰라서 '글하는 백성'인가 하고 생각해 보다가도 김영삼이 그렇게 글로 이름난 사람이 아닌데 하고 보니 뜻이 잡히지 않고 어디 물어보아도 잘 모른다. 낱말 모은 책을 찾아보아도 '문민'이란 말이 없었다. 그러다가 왜놈 책을 찾아보니 그들 헌법에 쓰이는 말로 '내각 총리대신 그밖에 국무대신은 문민이 아니면 안 된다'(헌법 66조 2항)라고 되어 있었다. 그래서 이 '문민'이란 말이 왜말에서 타왔음을 알게 되었다. 왜는 군인이 바로 군복을 입고 칼을 차고 계급장을 붙이고 나라를 다스렸다. 이것을 군인이 정치하는 군국주의라 한 것이다. 김영삼은 이것을 보고 우리나라가 이와 같다고 본 것이겠다. 왜말은 '분민', 조선왜말은 '문민'이 된다.

일찍이 우리 말글을 갈며 가리새를 타보자고 나선 선비들이 우리말로 말본 갈말을 지어 겨레말에 빛을 던진 말이 있다. 이 우리말 갈말을 한동안 잘 가르치더니 왜놈이 가르친 조선 왜말로 돌아감을 본다. 보기를 들면 '말본'이라 하지 않고 '문법'이라 하며 '낱말'이라 하지 않고 '단어'로, '홀소리'라 하지 않고 '모음'으로, '닿소리'라 하지 않고

'자음'으로 쓰는 따위이다. 백성이 임자인 나라는 백성말을 가지고 갈말을 짓고 백성 귀에 익은 겨레말에 잘 어울리게 해야 함이 마땅한데 어째서 왜놈이 가르쳐준 말을 타다 쓰는가?

조선 왜놈은 '문법'을 '분뽀'라 하면 왜말이지만 '문법'이라 하면 우리말이라 하고 '단어'를 '당고'하면 왜말이고 '단어'라 하면 우리말이라 한다. 이렇게 우기는 바탕이 무엇일까?

왜정 '게이죠 데이고꾸 다이가꾸(경성제국대학)'에서 왜놈한테 배운데에 그 뿌리가 있다. '말본'이니 '낱말'이니 '홀소리'니 '닿소리'니 하는 말이 왜놈이 가르쳐준 말과는 다른 배달백성말이고, 세종께서 지으신 그 훌륭한 글자를 타고 배달말이 옹골지게 피어남이 샘이 나 배달백성말을 꺾어 보자는 속셈이 틀림없고, 그 씨가 나라 찾은 서울대학에 심어지고 그 뿌리가 우리말밭에 엉키어서 겨레 앞날을 내다보는 눈을 가리고 힘을 부린다.

쉰세 해 전에 왜놈이 이 땅에서 물러갔지만 조선 왜놈은 조선왜말을 앞세워 피어나려는 우리말을 짓누르고 있다. 배달 백성말이 갇힌 창살문을 박차고 나오는 날은 조선왜말을 말끔히 씻어 버리는 때이다. 우리는 이 기운을 '배달백성이 임자인 나라'라는 말에서 찾고자 한다. 왜놈이 가르쳐준 조선왜말에 아무리 등을 기대고 있어도 배달백성의 씨는 배달백성 말밭에서 자라날 것이다.

(1998.4)

197

역장님, 차표 좀 사이소

불수레(기차)를 타고 가는 나그네 손님에게 차표를 사는가?

손님은 돈을 내고 차표를 사며, 역에서는 손님이 내는 돈을 받고 차표를 판다. 가게에서는 팔 물건을 늘어놓고 손님한테 팔고, 손님은 돈을 내고 물건을 산다. 가게는 물건 사는 곳인가? 파는 곳인가? 사는 사람은 '파는 곳'에 가서 돈을 내고 산다. 큰 역에 가보면 가는 곳마다 차표 파는 곳이 있는데 "아무데 가는 차표 어디서 팝니까?" 물어보면 "저 쪽 아무데에서 팝니다" 한다. 또 "아무데 가는 차표 어디서 '삽니까?" 하고 물으면 "아무데로 가서 '사시오!'" 한다. 그 곳이 차표를 사는 곳인가, 파는 곳인가?

'차표 파는 곳'에서 '차표를 산다'는 말이 우리말 꼴이다. 그런데 차표 파는 곳에다가 '차표 사는 곳'이라 해놓았다. 어찌된 일인가? 손님

198

한테 차표를 산다는 말이 아닌가! 차에서 내린 손님이 내어주는 차표를 역에서는 '차표 사는 곳'에서 사야 하지 않을까? 일보는 사람에게 물어보니 역마다 다 그렇다고 한다.

바른 우리 말꼴을 왜 이렇게 그르쳐 놓았는가? 왜말에 '바이바이' (賣買)를 타와서 조선왜말 '매매'로 만들어, 파는 것도 '매', 사는 것도 '매'로 지껄이는 판이기에 차표를 파는 곳인지, 사는 곳인지 모르는 흐리멍텅이가 된 것이다. 이 '차표 파는 곳'을 역마다 다 이렇게 해놓았다고 하니, 아마도 다스리는 윗자리에서 이런 말을 하도록 시켰나 보다! 온 나라 역마다 '차표 파는 곳'을 '차표 사는 곳'이라 해놓고 어리바리가 되어 손님을 태워 보내고 맞이하는 시중을 들고 있는 것이라 할 수 있다. 오고 가는 많은 사람들로 하여금, 역에서는 '차표 파는 곳'인가? '차표 사는 곳'인가? 하는 흐리멍덩한 생각을 하면서 우리 말 가리새를 무너뜨리게 된 것이다. 아이엠에프(IMF) 벼랑으로 몰아놓은 것만 낭패인가?

또 있다. 차표를 사가지고 차 타러 들여보내는 들머리에, '차타는 곳'이라 써 놓았다. '차타는 곳'은 어디인가? 나그네가 차에 올라타는 바로 그 곳이 아닌가? 차표를 가졌나 보고 들여보내는 그 곳은 '차타는 곳'이 아니라 '차 타러 들어가는 곳' 또는 '차 타러 가는 곳'이라고 해야 말이 옳다. '차타는 곳'이 따로 있으므로.

또 있다. 그 역에 내려 굴을 지나가는데, 층층이길이 나오는 굽이에 '나가는 곳'이라 해놓았다. 이 '곳'을 '나가는 길'하면 어떠할까? 나그네는 길을 따라 가니까.

또 있다. 역에 들어가면 한쪽에 '여행안내' 또는 '여객안내'라 써 붙여 놓았다. 한문 글자로 쓰면 '旅行案內' 또는 '旅客案內'인데, 왜말 '료꼬오안나이' 또는 '료가꾸안나이'를 조선한문으로 읽어, 조선왜말 '여행안내' 또는 '여객안내'가 된 것이다.

'료꼬오안나이' 또는 '료가꾸안나이'한테 밀려나간 우리말이 '나그네 길라잡이' 또는 '나그네 길잡이'이다. 이런 우리말이 조선왜말 '여행안내' 또는 '여객안내'라는 말에 죽고 있다. 우리 가슴에 뭉클하게 스며드는 잃었던 우리말! 배달겨레얼이 밴 우리말이기에 더운 기운이 감돈다.

'여행안내' 또는 '여객안내.' 이 말이 언제나 '旅行案內' 또는 '旅客案內'이고 왜말 '료꼬오안나이' 또는 '료가꾸안나이'가 되어 이 땅을 차지했던 왜놈이 이 말과 함께 그 힘을 미치고 있음을 알아야 한다. 이런 말을 그대로 두면 자라나는 아이들이 우리말인 줄로만 알고 세월이 흐른다. 또, '국어사전'이라는 책에 올라 길이길이 우리말 밭에 자리를 잡고 우리말을 잡아먹는 힘을 부린다. 다른 나라말이 쳐들어오면, 우리말을 깔보는 앞잡이 무리가 좋은 터를 가려가며 씨를 뿌리고 가꾼다. 이렇게 되니 우리말이 어떻게 되겠는가? 이것을 그대로 둘 것인가?

이 글 첫머리에 '불수레'라는 말을 썼다. '기차'나 '열차'라는 말을 두고 별스레 '불수레'라고 한다 할는지 모르지만, 이 말이 이 땅에 태어난 배달백성이 일하고 살면서 지어낸 옹골진 우리말이기에 값지다. '기관차'(機關車 왜말 '기간샤')를 불통이라 했다. 뼈 빠지게 일해도 일

한 만큼 갖는 보람도 없었고, 한문 글 하면서 백성말을 깔보는 무리에 지은 것을 빼앗기며 살았다. 나라가 위태로울 때는 몸으로 나라를 지켰다. 나라가 지나 온 내력을 적었으되 백성들은 역사에 오르지 못했으니 백성이 있어도 백성은 없었다. 왜놈들이 이 땅을 차지하고 쇠길을 깔아 불수레(부수레)를 굴리며 '기샤' '렛샤'('汽車' '列車') 하면서 왜말을 심었으나, 백성들이 보기로는 불통이 앞에 붙고 끌고 가는 수레라, 보는 대로 생긴 대로 지은 것이 '불수레'였다. 백성이 하는 말은 글말에 오르지 못하고, 조선왜말 '기차, 열차'에 눌리고 말았다.

나라를 다스리는 힘이 백성에서 나온다고 했다. 이 말은 백성이 나라 밑이라는 말이다. 백성이 나라 밑이면 백성이 임자인 나라이다. 그런데 나라를 다스리는 무리가 따로 있고 힘을 바치는 무리가 따로 있다고 하면 어떻게 되는가? 백성말이 따로 있고 다스리는 사람 말이 따로 있다는 말이 아닌가? 나라를 다스리는 힘이 바로 백성말에서 나온다는 말힘 보기를 깨치지 않으면 안 된다.

우리말이 이렇게 된 것과 나라가 이렇게 된 것은 백성말을 가지고 나라를 다스리는 힘으로 삼지 않았기 때문이라 본다.

(1998. 7)

그 세월을 돌아보며

　1958. 9. 16. 금호국민학교로 전근 발령을 받았다. 진주까지 타고 가는 길도 멀었는데 산청 가는 버스를 더 타고 갔다. 첫 길이었으니 산청가면 타고 가는 차가 있으리라 믿었다. 내려보니 차가 다니지 않았다. 아이들을 업고 데리고, 짐을 이고 메고 산비탈을 타고 고개를 넘었다. 골을 돌고 굽이굽이를 간다. 산도 많고 골도 깊다. 세상과 교직이 그지없는 설움으로 서리어 낯선 길 금호를 찾았다.

　금호, 어느 절간을 헐어서 지었다는 언덕 위에 선 교사, 운동장 한쪽 기슭에는 숙직실과 사택으로 쓰는 초가집이 있다. 앞을 보나 뒤로 보나 사위가 산이요, 비탈이다. 학교가 있는 마을도 산비탈이요, 건너보이는 마을도 산비탈이다. 이런 곳에 거문고(琴)와 호수(湖)가 어디 있고 무슨 연고가 있는 것일까? 한문 글자 뜻풀이를 해보았지만 학교 이름이 된 까닭을 모르겠다. 헛 소망이었다.

뜻을 두고 교직에 들어선 지 벌써 10년. 이 가시밭길을 헤치고 가나 못가나, 시련은 더욱 드세게 맞았다. 교직 명줄을 잇느냐, 못 잇느냐 하는 갈림길에서 이 가시밭으로 들어선 것이다. 이를 갈며 견뎌 보리라 다짐했다.

전임지에서 시련이 예고되었다. 교사는 아이들을 가르치는 소명을 다하기를 보람으로 여기고 지낸다. 이를 그르치는 일이 교육이 아닌 교직에서 벌어진다. 날마다 아침마다 직원 조회는 어찌 그리 길며, 늘어지는 말을 듣고 있으면 지치기만 했다. 한 10분 이내면 될 것을 30분은 예사요, 수업시간이 지나거나 말거나 윗사람은 교사들을 한자리에 잡아놓고 서당 접장이 공자왈 맹자왈을 뇌듯 자기도취에 빠져 무엇이 나간 사람처럼 흘러갔다. 토요일이면 운동장 구석에 있는 제 집(사택)에 일찍 들어가서 점심을 먹고 나와 제자리에 앉아 있다. 교사들이 배고픈 줄을 아랑곳하지 않았다. 참으로 기막힌 교장도 있구나 싶었다. 교실에서는 아이들이 선생을 기다리며 떠들고 장난쳤고, 선생들은 이런 세월에 만성이 되어 입을 다문 채 눈치만 보고 따를 뿐이다. 선생 거의가 이 고장 사람들이었다. 이곳을 떠나고 싶었다. 무거운 절이 떠나기보다 가벼운 중이 떠나야 옳다.

한 날 아침이다. 직원 조회 시간이 한 시간이 지남을 벽시계로 보았다. 지루한 시간을 참지 못해,

"아이들이 교실에서 선생이 오기를 기다리고 있습니다. 직원 조회는 언제 끝납니까?"

내 목소리는 달아올라 있었다.

교장이 자리에서 벌떡 일어나 수판을 들고 내 앞으로 와서 내리치려는데 나도 발딱 일어나면서 앞에 있는 잉크병을 집었다. 수판이 내 머리에 닿기만 하면 손에 잡은 것이 바로 날아갈 것이다. 책상을 사이에 두고 딱 맞섰으니 감히 내리치지 못하고 제자리로 돌아가고 만다.

이 아침 사태는 며칠 뒤 신문에 '교사가 교장을 폭행했다'고 났다. 사태 연유는 한마디도 없다. 참으로 어처구니없이 되었다. 1958년 초가을이다. 사고무친(四顧無親) 아무도 내 편을 들어주는 사람이 없었다. 다 일신 안전을 위해서다. 사고 교사로 궁지에 몰렸다. 나는 아무 말도 하지 않았다. 이곳을 떠나면 된다고 체념하며 교실에 들어박혀 아이들의 맑은 눈빛을 보며 마음을 달랬다.

시일이 흘렀다. 온갖 수모를 씹으며 때를 기다리는데, 교장이 먼저 전출 발령이 나서 떠났다. 나는 어찌 되는가? 몇순이 지나고 마침내 발령이 났다.

금호국민학교다. 금호가 어디인가? 산청군이다. 어느 두메일까? 오늘날처럼 지도가 잘 되어 있는 세상도 아니다. 물어물어 찾아가는 때다. 지리산 곁이고 황매산 기슭이라 한다. 거문고와 호수와 무슨 내력이 있겠지 하고 찾아온 것이다.

두 학년을 맡아서 가르치는 복식수업. 책걸상도 없이 마룻바닥에 퍼질러 앉아 글을 배운다. 헌책 한 권에 몇 사람이 어울려 본다. 글을 못 읽는 학생이 더 많다. 슬픈 세상에 슬픈 학생들. 불의, 부정, 부패로 얼룩지고 권력을 휘둘러 판을 치는 세상. 이 학생들의 가련한 모습에 묻혀 밝은 세상을 기다릴 수밖에 도리가 없었다.

한 해가 채 못 되었으리라. 친지로부터 편지가 왔다. 그 교장이 먼저 떠나더니 그 임지에서 죽었다는 소식이다. 하늘이 무심하지 않았다. 교육이 무엇이고 학생을 어떻게 가르쳐야 하는지, 겪어보지도 못하고 '광복'으로 바로 교장이 된 사람이었다. 교장 자리에 앉아서 무식한 위세만 부렸다. 교직에 들어서지 말았어야 할 인물이 보람 없이 가버린 것이다.

***

대통령과 부통령을 선거하는 때가 다가오니 경찰이 와서 무슨 빛깔을 좋아하는지를 조사했다. 좋아하는 빛깔로 사상과 성분을 갈라내는 것임을 짐작할 수 있었다. 못하는 일이 없는 무소불위(無所不爲), 거슬리면 빨갱이로 몰아 족치는데 어느 누가 그 의도를 거스르랴? 가까운 지리산에는 빨치산(파르티잔)이 있고 정순덕이라는 여자가 축지법을 쓰면서 활동한다는 소문을 들었다.

1960. 3. 15. 선거날. 이 학교가 투표장이 되었다. 몇 사람씩 짝을 지어 투표를 하도록 지시가 내린 모양이다. 한나절이 될 무렵 아내와 함께 갔다. 사람들이 무리무리 떼지어 들어오고 투표함 앞에는 한 사람이 버티고 앉아 있는데 누구를 찍었는지 보는 공개투표다. 눈뜨고 처음 보는 선거다. 이 불의를 내가 따라간다? 캄캄한 한낮이다. 기표소에 들어가 붓대를 들고 누르는데 머리가 삥 돈다. 이것이 선거인가? 내 거동을 지켜보고 있는지 모른다. 안 접고 눈앞에 내밀어보이고 넣

었다.

밖으로 나왔다. 하늘이 본다. 3월 중순. 찢어진 구름 사이로 내다보는 파아란 저 하늘! 사방이 산으로 싸인 이 두메에서 저 하늘에다 천 갈래 만 갈래로 흐트러진 마음을 달래지 않을 수 없다.

학교 뒤 양지 바른 풀밭으로 갔다. 잔디를 깔고 앉아나보고 싶었다. 아직도 이운 잔디풀 속에서, 노랗게 핀 민들레가 있다. 추위를 이기고 피었다. 겨울을 지내고 봄을 맞아 언제 보아도 다소곳이 평화를 피어낸다. 길섶에서 짓밟히고도 끈질기게 자라는 자태는 반항 없는 빛깔이다. 세상은 이 민들레를 배우지 못한다.

공개투표. 이제 세상이 막가지 싶었다. 아무리 억누르고 짓밟아도 사람들의 민들레 마음은 옳은 쪽으로 나아가고 있으니까.

마산서 들고 일어났다는 소문이 온다. 옳지! 안 터질 수가 없지. 무소불위로 억누르는 판이 막판에 이른 것이다. 바다가 있는 마산에서, 내 고향이 가까운 마산에서 학생들이 쏟아져 나오고, 시민이 쏟아져 나왔다. 경찰이 총을 쏘아 사람들을 죽였다. 누가 무엇 때문에 죽이는가? 이리 되면 불길은 더욱 거세질 것이다. 방안에 들어앉아서 양 주먹을 불끈 쥐고 화아 하고 깊은 숨을 내쉬었다. 한 달이 지나니 서울서도 이곳저곳에서 터져 나왔다.

***

이 학교 생기고 처음으로 학예회를 하게 되었다. 학생들이 흥미와 기대가 대단했다. 4학년 연극 '아기 소나무와 늙은 소나무'를 상연하려고 배역을 정했다. 공부 잘하고 똑똑한 학생이 아니라, 글을 못 읽는 학생만 골랐다. 반 아이들이 질시하고 학부모는 기대하지 않았다. 연극 연습으로 하루가 다르게 나아갔다. 이들이 할 수 있는 힘이 나왔다. 글 못 읽는 바보가 아니었다. 할 수 있는 능력이 묻혀 있었던 것이다. 학예회 날, 연극을 멋지게 해냈다. 학예회가 지나고나니 그들이 달라졌다.

졸업반을 맡아 졸업식을 맞이하게 되었다. 한 명이 맡아 읽던 졸업생 답사를 졸업생 모두에게 자기 글을 써서 다 읽도록 했다.

졸업식날이다. 6년 동안 공부하고 국민학교를 마친다는, 아니 학교 공부를 더 이상 할 수 없다는 마지막. 그야말로 한에 맺힌 이야기들이었다. 눈시울을 적셨다. 교육청에서 온 임석 장학사가 마지막 차례를 잡아 축사하는데 그 답사들에 감동했다는 소감을 말했다. 졸업하는 식장에서 이들이 마지막으로 답사한 추억을 길이 가슴에 새기고 지내리라.

4학년을 맡은 체육시간에 있었던 일이다. 청백으로 갈라져 이어달리기를 했다. 배턴을 쥐고 건네고 달리는 기본이 안 되어 있기에 차례로 익혀 나아가게 되었다. 이어달리기를 이기려면 배턴을 주고받는 동작을 어떻게 해야 하는지를 익히는 데 있으므로 이것을 터득하는 훈련에 힘썼다. 훈련 효과를 보려고 6학년과 대항해보기로 했다. 두 학년을 같은 수로 맞추고 해보려니 6학년에서 아주 무시했다. 결과는 알 수 없다. 4학년이 얼마나 떨어지는지 해보자고 설득해 경주가 시작되었다. 두 살이나 어리니까 달리는 힘은 좀 떨어지지만 배턴을 주고받는 데서 6학년은 형편없이 떨어지고 만다. 4학년에서는 환호하는 소리가 나고 6학년에서는 기죽은 모습이다. 결과가 어찌되었나? 6학년이 두 바퀴나 떨어지고 말았다. 지금 생각해보아도 가르치면 되는 것이 교육이었다.

***

다섯 살이 된 원재. 전 전임지에서 태어났으니 이것을 데리고 세 번째로 살림보따리를 옮긴 것이다. 몹쓸 병을 얻어 고치지 못하고 그만 숨이 졌다. 맥을 짚고 어린 가슴에 얼굴을 묻고 흐느꼈다. 살아나지 못했다. '아버지' 하는 소리를 다시는 못 듣게 되는가?

옷을 갈아입히고 가지고 놀던 장난감을 함께 가지고 이것을 안고 논두렁을 걸어 산기슭으로 갔다. 애간장이 갈래갈래 녹아나는 아픔을 가슴에 안고 마지막으로 보듬고 가는 길. 산기슭 차가운 흙구덩이 속에 영원히 깨어나지 못하게 이것을 묻어야 하는가? 파놓은 구덩이에 보듬고 들어가 누이고 어린 가슴에 내 가슴을 붙인 채 니도 함께 묻어달라 울었다. 얼마나 흐느꼈을까. 장난감을 곁에 놓고 머리를 들었다. 너를 이곳에 묻어놓고 내 어디를 가야 하는가? 수건으로 얼굴을 덮었다. 하늘이 캄캄하다. 한 삽 떠서 발부터 묻었다. 마지막으로 얼굴을 묻으려니 삽을 든 내 손이 움직이지를 못한다. 다시 한 번. 얼굴을 보았다. 1961년 3월 13일.

***

이달 3월 30일 자로 고향 근처로 발령이 났다. 떠나는 날, 아들을 묻어놓은 무덤에 마지막으로 들렀다. 한 보름 아침마다 무덤으로 가서 보고 왔다. 아침마다 다니는 줄 아는 마을 한 어른이 '그렇게 가보는 기 아입니더' 하고 야속한 말을 했다. 이제 이것을 두고 이사를 떠난다. 흐르는 눈물을 닦고 닦았다. 그 산기슭이 보이지 않을 때까지 돌아보고 돌아보았다. 배웅하는 마을 사람들도 눈가에 손이 갔다. 두고 떠날 수 없는 그것을 가슴에 안고 산비탈 길을 내려갔다. 차황에서 차를 타고 계곡을 따라 굽이굽이 돌아 내려가는데 보이지도 않는 그 뒤를 자꾸만 돌아보았다.

쉰한 살이구나! 두고 온 이것이 그 산기슭에서 '아버지!' 하고 부르는지 모른다.

(2007. 12)

김 노인

공무원 연수원 앞에 운동장이 아래위로 있다. 자전거를 타고 도서관에 가면서 이 운동장 옆길로 자주 다닌다. 운동장이 비어 있을 때가 많다. 비가 오지 않는 날 점심 때가 지나면 아래 운동장 게이트볼 치는 곳에서는 어김없이 노인들 여남이 놀고 있다. 그 울타리 가까이에 있는 등나무 그늘에는 게이트볼을 못하는 할머니들이 여럿이 모여, 담배를 피우면서 머리를 끄덕이며 수다를 떨다가 서산머리에 해가 이르면 한둘씩 자리를 뜬다.

젊은이들이 내기 공차기를 하는지 구경꾼이 드문데 마당에서 공을 띄우고 달려가는 움직임이 그렇게 힘차 보이지 않는다. 골대 앞에서 몇 사람이 우물쭈물 몰아넣는 공이 시부지기 들어간다.

일보고 돌아오는 어느 날 해거름에 위 운동장 배구장에서는 공놀이가 한창이다. 발로 차거나 머리로 박거나 하면서 넘긴다. 자전거를 들머리에 세워놓고 구경하러 등나무그늘로 갔다. 몇 사람은 앉거나 서서 마시거나 담배를 피운다.

근처에서 비닐봉지에 담배꽁초를 주워 담으며 오는 한 노인을 본다. 미화원이구나. 젊은이가 종이잔에다가 맥주를 따라 내게 권한다. 술을 못 먹는 처지라 사양하다가 저 노인과 함께 들어야지 싶어 노인을 불렀다.

"수고하십니다. 더운데 여기 좀 앉으십시오."

가까이 와서 걸친다. 노인께도 한 잔 권하도록 당부했다. 내 말이 떨어지자 노인은 아예 받지 않으려고 거절한다. 분위기를 보니 젊은이들이 이 노인을 알고 있는 듯하다.

"우리 한 잔만 받아 마셔봅시다. 저도 술을 못합니다."

그러나 거절하는 몸가짐이 단호하다. 받아놓은 잔을 되돌릴 수 없어 노인에게 눈인사를 하고 마셨다.

"말벗이 그립지 않습니까? 젊은이들이 노는데 우리 이야기나 합시다."

말을 이끌어 보았다. 얼굴빛이 평화롭다. 여든하나, 이런 노인을 동사무소에서 미화원으로 일하게 하는구나.

"이렇게 수고하시는데 한 달에 얼마를 줍디까?"

"아닙니다. 한 푼도 안 받습니다."

아니 이런 괴이한 일이 있는가? '안 받는다'는 말은 아까 술잔을 거절하는 것과 같은 이치가 아닌가? 삯도 없이 이런 궂은 일을 하는 것일까?

  슬하에 아들 셋, 딸 하나를 두었다. 부인은 몇 해 전에 뇌졸중으로 수술까지 받고 말이 어둔하며 거동이 불편하고 이 노인은 요도암으로 수술을 받고 오줌봉지를 차고 있단다. 자식들한테 기대기가 싫어서 둘이 함께 요양 병원에 가서 여생을 마치려고 했는데, 혼자 지내는 딸이 이 근처에 살아서 서울을 떠나 함께 지낸다고 한다.

  6·25 전쟁통에 아버지는 좌우 편가름으로 빨치산에 잡혀가서 죽살이를 알 수가 없다고 한다. 갈라진 나라여! 슬픈 역사여! 어제 신문을 보니 산청군 시천면 외공리 소정골에서는 한꺼번에 모아 죽인 유골 227구를 캐내었다고 한다. 우리는 어이하여 이 슬픈 나라 슬픈 역사에서 허우적거리고 지내는가?

  성씨가 광산 김씨라. 김노인은 무슨 일 삯을 바라고 쓰레기를 줍는 것이 아니었다. 아래 위 운동장에 버려진 쓰레기를 말끔히 주워 치우는 일을 보람으로 지내는 것이다. 젊은이가 앉아 있는 걸상 밑에 떨어진 꽁초를 허리 굽혀 줍는 모습을 본다. 불평이나 나무라는 말을 할만도 한데 말이 없다. 버리는 사람을 깨우치려는 뜻을 두고 하는 일이 아니다. 아래 위 걸상이 있는 곳에 버려놓은 꽁초와 쓰레기를 날마다 와서 줍고 치우는 일이 즐거운 것이다. 누가 있으나 없으나 보나 안 보나를 마음에 두지 않는다.

  이 구역을 맡은 젊은 미화원이 있다. 그는 우리들이 내는 세금으로 일 삯을 받고 있으므로 마땅히 해야 할 일을 한다. 그런데 잘 어질러 놓는 이곳을 깨끗이 해내기는 어지르는 사람 소행을 따라가기가 버거

위 어려운 일이다. 김노인은 이곳을 세월 보내는 터전으로 삼고 날마다 와서 일을 하는 것이다.

젊은 학생들이 모여 놀다가 마시고 난 소주병을 돌가루바닥(운동장을 내려다보는 지휘대)에다 들고 때리는데 그 깨지는 소리와 흩어지는 모습을 재미있어 한다니, 이 어처구니없는 짓을 무어라고 나무라겠는가 한다.

한번은 등받이 걸상에서 젊은 아가씨가 허벅지가 다 나온 다리를 포개고 앉아서 담배를 빠끔빠끔 피우다가 김노인이 줍고 있는 앞에 던지더라는 것이다. '아가씨는 아직 어려 보이는데 담배를 피워서 몸에 해롭지 않겠느냐?'고 하니 '나 대학생이에요' 하더란다. 김노인 집 자녀들은 아무도 담배를 피우지 않는단다.

아래 위 운동장 쓰레기 줍기는 해거름에 와서 해놓는다. 아침에 깨끗한 놀이터를 보면 맑은 마음을 가질 수 있겠다. 김노인은 말벗이 없는 것 같다. 종일 집에 있기 보다는 날마다 나와서 줍고 치우는 이 일거리야말로 김노인에게는 즐거움이다. 어질러진 쓰레기가 없으면 심심해 아래 위 운동장 둘레 구석구석을 다니며 쓰레기를 찾는다. 커다란 비닐 자루를 운동장 들머리 한쪽 구석진 데 두고 가득 차게 담아두면 미화원이 가끔 와서 싣고 간다. 모르는 사람은 부자간인가하고 여긴단다. 빈 병은 마개를 따고 밟는다. 쭈그러지면 마개를 다시 끼우고 큰 것 담아두는 자루에 넣는다. 얼마나 알뜰한 노인인가?

나는 아침에 집 앞에 떨어진 쓰레기를 집어 치우면서 '남의 집 앞에다가 버려놓고 가니 못됐네' 소리를 구시렁거린다. 버려놓고 가는 사람이 제 집안에서도 이럴까 싶은 생각을 해보는 것이다.

　오늘도 해거름에 돌아오면서 운동장을 살펴보았다. 노는 사람이 없다. 아래 운동장 저쪽 가에 무엇이 가만히 우뚜키고 있는 듯해 들머리에 자전거를 세워놓고 산책삼아 갔다. 위 운동장 등나무 밑에는 티끌하나 없이 말끔하고 등나무 가지를 베어 한 무더기 모아놓았다. 담배꽁초가 어디 없을까 살펴보아도 눈에 띄지 않는다. 다가가니 김노인이 작은 방석을 깔고 퍼질고 앉아서 모종삽을 가지고 풀을 캐고 있다. 쇠그물 박아놓은 가장자리까지 말끔하다. 앞으로 나가면서 '수고하십니다' 하니 뜻밖에 누군고 싶어 쳐다본다. 얼굴빛이 이렇게 평화로울 수가!

　이 일터에서 일할 차례를 요량하고 있는 듯 마당이 패인 저 곳에 흙을 채워야 하는데 흙을 좀 실어다 달라고 미화원을 통해 부탁했으나 아무 대책이 없다고 한다.

　꽁초, 쓰레기를 주우면 소리 없는 말벗이 되고, 풀을 캐면 자라는 풀뿌리에 붙은 흙을 떨어 봉지에 담으며 애달픈 이야기도 나올 것이다. 김노인의 평화로운 얼굴빛에서 자리를 뜨고 싶지 않은 애착을 두고 오늘은 또 이렇게 떠날 수밖에.

(2008. 8)

동무

'동무 동무 씨동무 보리가 나도록 살아라'

내 어릴 때 동무들과 어울려 어깨동무하고 놀면서 이 노래를 불렀다. 백월산 밑 남백 마을이 내 고향. 저녁에는 동무들과 함께 배꾸마당(바깥마당)에서 제기차기, 말타기를 하면서 놀았다.

아이가 나서 다 자라는 집이 드물었다. 돌림병이 들어 씨할 자식이 않으면 굿을 하고 대가 끊어지지 않도록 천지신명께 빌었다. 가난한 집에서는 약 한 첩 못 써보고 숨이 지면 그대로 싸다 묻었다. 남의 땅을 어렵게 얻어 부치면서 지주한테 바치고 공출로 빼앗기고 남은 곡식으로는 입에 풀칠하기에 턱없이 모자랐다. 겨울부터 무시죽(무죽) 시락죽(시래기죽)으로 보리가 나도록 지내고 봄이 오면 들로 산으로 소쿠리와 칼을 들고 나물 캐러 간다. 산에는 참꽃이 지천으로 피어서 배고플 때 따먹었다. 새 보리 날 때가 머지않을 때였다.

봄이 되면 씨동무가 굶주려서 눈이 뻐꿈하다. 익어가는 보리밭에 들어가 알이 차는 풋보리 이삭을 따가지고 밭구석에 퍼질고 앉아서, 손바닥에 비벼 까끄라기를 불어내고 입에 털어 넣고 씹는다. 첫 입에 씹는 햇보리 맛이 좋다. 배고픈 참이라 오래 씹을 것도 없이 덜 나간 까끄라기도 함께 넘어간다. 배가 차도록 먹고 나니 배가 아프다. 배를 안고 집에 와서 온 방을 뒹굴뒹굴 구른다.

아침나절에 이웃을 만나면 '아침 자이십니껴(잡수셨습니까)!' 아침을 못 먹고 지냈던 세월에 물어보며 하는 이 말이 서로를 달래주는 인사말이 되었다. 그런데 나라 찾고 왜놈들이 물러가자 미군들이 들어와 하는 인사말이 '굶었니?'로 들렸다. 하도 배곯고 산 백성이라 그들이 동정으로 하는 말로 들렸다. 잘 사는 그들은 새아침이 좋았겠지만 배곯고 지내는 우리에게 좋은 아침이 어디 있나? 때꺼리(끼닛거리)를 장만하고 먹을 것을 찾아 나부대야 했으니까.

외세에 짓밟혀 백성은 늘 고달프게 살았다. 나라 찾고, 나라 갈라지고, 강산에 주검이 널브러지고, 그렇게 흐른 세월이 예순네 돌, 갈라진 나라가 언제 다시 한나라 될지 아득하다.

'동무 동무 씨동무 보리가 나도록 살아라' 굶어 죽는 것보다 먹고나 죽자. 그렇게 살았던 내 고향 씨동무는 다 저승으로 갔다. 그리운 '동무'가 '친구(親舊)'한테 짓밟혀 '어깨동무'에 붙어 겨우 남아 있다. 아이들이 배우는 책을 보면 '동무'는 없고 모조리 '친구'라고 해놓았다. '어깨동무'를 '어깨친구'라고는 못하는가? '동무'를 어째서 못쓰게 지우고 '친구'를 익히도록 하는가? 나라가 갈라진 까닭으로 '동무'를 못 쓰게 한다면 통일을 바라지 아니하고 겨레말마저 가르는 짓이다. 나라가 갈라졌더라도 우리말은 갈라놓지 말아야 할 한 겨레다.

그런데 음식점에 가보면 서양 말 '메뉴'가 칠갑이더니 남북이 오가는 일이 있고는 '차림표'라는 말이 붙게 되었다. '상차림'에서 온 '차림표', 이 좋은 우리말이 북쪽에서 왔다는 우리말이다. 얼마나 정다운 우리말인가? '차림표'를 볼 때 짓밟힌 '동무'가 가련하다.

나라는 갈라져 있어도 겨레는 갈라지지 않았다. 말이 갈라지면 겨레가 갈라진다. 나라가 갈라진 이 서러운 세월을 살아도 한 겨레말 '동무'를 잃지 말아야 한다.

교육부는 아이들이 배우는 책에 실어놓은 어울리지 않는 말 '친구' 대신 '동무'로 바로 놓아야 한다. 책 이름도 '국어(國語–고꾸고)'가 아니고 '우리말'이어야 한다. 책 이름 '우리말' 글씨꼴도 한문 붓글씨꼴이 아닌 훈민정음 글씨꼴 그대로 해야 한다. 우리말 이름은 우리 겨레 이름 그대로 '배달말'이라고 가르쳐야 한다. 한 겨레말 '동무'를 보듬어 일으키는 소임은 교육부가 겨레사랑으로 할 일이다. '동무'를 짓밟고 있는 '친구(親舊)'는 한문(漢文)을 섬기는 사대정신(事大精神)으로 퍼뜨린 말이다.

'동무 동무 씨동무 우리 겨레 씨동무'

'동무 동무 씨동무 우리 겨레 하나 동무'

'어깨동무 우리 동무 배달겨레 우리 동무'

(2009. 8)

217

때 알리개

어느 날 자전거를 타고 가다가 한 집 대문 밖에 내어놓은 둥그런 때 알리개(시계)를 본다. 오늘은 재활용 쓰레기를 내는 날이 아닌데? 자 전거를 멈추고 모양을 살핀다. 누구든지 가지고 가라고 내놓았을까? 못쓰게 되어 버렸을까? 손보면 쓸 수 있을까?

집에 있는 벽걸이 때알리개는 둘레가 검고, 쩍 쩍 소리가 커서 밤에 시끄럽다. 새 집으로 이사 가는 이가 주고 가는 것을 걸어놓고 보는데 때알리는 노릇이 틀림없다. 책상 위에 놓고 보는 때알리개보다 글자 가 커서 보기가 쉽다.

오랜 세월을 함께 지낸 추 흔들이 때알리개가 있었다. 우리집 내력 을 보면서 함께 지냈는데 전지 힘으로 가는 쩍쩍 때알리개가 나오고 부터는 퇴물이 되었다. 태엽 감아주는 일, 때를 맞춰 주는 일, 수직에서 조금이라도 비뚤어지면 고르지 못한 소리를 내므로 바로 세우는 일. 태엽이 다 풀어지면 아래쪽으로 처지는데, 이 태엽을 감는 일을 밥 준다고 했다.

이것은 무슨 탈이 났기에 버렸을까? 물건도 오래 두고 보면 싫증이 나서 버리는 세상이다. 소용되는 수요보다 많이 만들어내니 새것이 나오면 탐을 내고 쓸 만한 것도 내다 버리는가?

자전거를 멈추고 본다. 얼굴이 넓고 희다. 둥그런 가장자리가 엷은 밤빛이다. 방 안에 있는 물건들이 밝은 빛깔이면 마음이 편하다. 버리는 물건이라도 쓸만하다면 꺼릴 것 없지 싶었다. 혹 이집 사람이 내다본다면 한마디 물어 보고 싶은데 주인을 불러 물어보기는 쑥스럽다. 어디가 탈이 났는지도 모르고 가지고 가서 못 고치면 어쩌나!

집에 싣고 와서 살려보는 일을 시작했다. 아직도 힘이 남아 있는 헌 전지를 끼우고 뒤집어 본다. 초바늘이 간다. 집에 있는 모든 때알리개와는 다르다. 초마다 쩩 쩩하고 가는 것이 아니라 멈춤 없이 소리도 없이 간다. 희한한 것이구나! 끼운 전지도 힘이 모자라 뽑아놓은 것인데 이 힘에도 간다면 탈 없는 물건이 아닌가?

걸레를 가지고 먼지를 닦아낸다. 유리부터 닦고 나무로 된 틀을 닦는데 6자 있는 뒤쪽이 6cm쯤 떨어져 나갔다. 이래서 버렸구나! 높은 데서 여문 바닥으로 떨어졌겠다. 이렇게 흠이 나도록 모질게 내리 박혔으면 초바늘이 움직일 수 없게 탈이 났지 싶어 밖으로 내놓은 것이리라. 사람이 다치면 때를 다투어 의원을 찾아가는데, 물건은 다시 볼 것 없이 내다 버린다. 많은 사람이 공들여 만든 것이고 잘못해서 떨어뜨린 아까움을 내 마음에 둔다.

때를 맞춰 한쪽에 세워두었다. 안 멎고 갈지, 때가 맞을지를 염려하며 때때로 본다. 다음날 아침에 보니 때알림이 맞다. 전지 힘도 모자라지 않은 것 같다. 이만하면 제 노릇을 하겠다. 쓰레기 처리장에 실려 가서 재가 될 신세를 면하고 다시 살아가는 세상을 맞이했다. 다친 홈이 있지만 내 이 홈을 가련하게 여기며 묻어두고 새 것이나 다름없이 쓰겠다.

방에 있는 시커먼 때알리개. 자다가 들으면 가는 소리가 여간 거슬리지 않는다. 밤에는 소리가 없어야 잠자리가 편하다. 쩩, 쩩, 쩩, 쩩 고요한 밤에 저 혼자 안 잔다고 자랑하는 소리다. 쩩 할 때마다 마음이 쏠린다. 만물이 붙어사는 이 땅덩이가 쩩할 때 멈추고 쩩할 때 멈추고 돌아가는 듯한 느낌이다.

때알리개가 없었던 그 세월, 닭장에서 홰를 치며 소리 지르는 새벽 닭소리를 들으면 새날이 온다. 사람과 함께 지내며 떨어진 낟알을 주워 먹고 천하가 돌아가는 때를 알고 '꼬끼요오' 한다. 새는 날에 새로운 마음을 갖게 하는 새벽 닭소리.

비 오거나 구름 낀 날 초가지붕에 박꽃이 피면 저녁때가 된다. 박이 크면 반찬거리가 되고 익으면 그릇으로 쓰였다.

날이 밝으면 들로 나가 나는 새와 내닫는 짐승을 보면서 일하고 어두워야 집으로 돌아왔다. 한낮에 해를 볼 수 없으면 때를 모른다. 먼 산 너머에서 열두 점을 알리는 사이렌 소리를 어쩌다가 어렴풋이 들을 수가 있었다. 피땀 흘리며 농사를 지었지만 빼앗기고 살았던 가련한 세월에 들었던 그 아련한 소리.

　날이 새면 밖에 나가 일하고, 어두워지면 집으로 돌아왔던 그 시절, 밝아짐과 어두워짐이 때알림이었던 세상에서, 시 분 초를 갈라내고 한 초도 수없이 짧게 쪼개는 세상에 산다.

　며칠을 두고 보아도 주워 온 이 때알리개는 소리 안 내는 그대로 잘 간다. 쩍쩍이 검정 때알리개를 거실로 내고 이것을 방으로 들여다 걸었다. 밝은 얼굴이 방을 밝게 한다. 밤이 되어 잠자리로 든다. 밤낮을 소리 없이 가고 있으니 이렇게 고마울 수가 있나!

　내 어릴 적만 해도 때를 일컫는 말이 '점'이라 했다. 아침 일곱 '점', 낮 열두 '점'이라고. 하나부터 열둘까지를 한, 두, 석, 넉, 다섯, 여섯, 일곱, 여덟, 아홉, 열, 열하나, 열두 점이라고 하며 우리말이 살아 있다.

　시계(時計)라는 말은 '도께이(時計)'라는 왜말을 배워가지고 조선 한문소리로 읽은 '조선왜말'이다. 나는 이 말을 쓸 수가 없어 '때알리개'라 한다. 왜놈들에게 나라 잃고 짓밟히며 살다가 나라를 찾았으면 마땅히 우리말을 세워야 할 것이다.

　버려진 신세가 내 눈에 띄어 이 땅덩이가 조용히 돌아가는 그대로 움직이며, 이 시끄러운 세상에 고요를 보여주는 '때알리개', 밤을 아는 군자다.

(2009. 8)

버려놓은 꽃다발을 보며

길가에 꽃다발을 버려놓았다. 언제 버렸는지 꽃잎이 시들었다. 꽃나무잎이 모질어서 물기를 바라는 애닯은 모습이다. 꽃을 가꾸는 농가에서 활짝 피기 전에 목숨이 잘려 눈요기에 이바지하다가 거리로 버려졌다.

꽃은 생식작용을 하는 한 과정에 있는 몸가짐이다. 사람이 보고 아름답다고 느끼듯이 벌레도 그때를 탐한다. 씨맺기를 이루기 위해 아름다움을 있는 대로 바친다. 얼마나 숭고한 현상인가? 씨맺기를 다한 꽃잎은 시들어지니 소임을 다하고 빛나는 모습을 잃고 땅으로 돌아갈 뿐이다. 이런 꽃을 활짝 피기도 전에 가져다가 집안에 꽂아두고 피는 모습을 보고 즐기는 것이 사람이다.

꽃이 꺾어 사람 눈요기에 몸을 바치고 가는 것을 보면 왜정 때 우리 꽃다운 아가씨들이 왜군의 위안부로 머나먼 나라까지 끌려가서 짓밟힌 내력을 못 잊게 한다. 나라 잃고 젊음을 꽃피우지 못한 우리 아가씨들, 겨레의 서러운 꽃, 가련한 꽃들이었다. 사람 손에 잡히어 이렇게 조상과 고향을 잃고 죽어서 쓰레기로 버려졌다.

꽃을 꺾어 물병에 꽂아두는 짓을 못하기 때문에 꽃병이 없다. 어버이날에 빨간 꽃을 사와서 가슴에 꽂아주는 아이들 성심이 고마워 나무라지를 못하고 물잔에 꽂아두고 시들어 죽을 때까지 두고 본다. 장사꾼들이 이날을 바라고 돈벌이를 하려고 얼마나 꺾어댔겠는가? 시들어 죽는 꽃이 가여워 다음부터는 만든 꽃을 대신하라고 일러준다. 그러면 만든 꽃은 목숨 없는 거짓 꽃이고 이날 파는 꽃은 산 꽃이기에 값진 것이라나?

꽃을 꺾어 시들어 죽이는 짓은 자연을 두려워하지 않는 짓이다. 사람이 자연의 아름다움을 탐하여 그대로 만들어 보려는 마음은 갸륵하다. 꽃을 만들어 내는 솜씨는 꽃을 아끼고 사랑하는 마음으로 나아간 것이다. 생명이 귀함을 깨달은 사람다운 소행이 아닐까?

하루는 거리에서 버려둔 꽃다발을 보았다. 걸음을 멈추어 내려다본다. 산 꽃이 아니라 만든 꽃이다. 꽃이 살아 있는 듯 잎이 싱싱하다. 버려지고도 이렇게 제 모습을 갖고 있는데 내다 버렸구나! 몸을 굽혀 주웠다. 들고 보니 참 좋은 꽃다발이다. 이 만든 꽃을 사다가 집에 두고 본 그 사람도 나와 같은 뜻을 가진 사람이겠구나! 버리지 말고 두고 볼 것이지. 집으로 들고 와서 대야에 물을 떠놓고 먼지를 씻었다. 물이 흐리고 꽃이 맑다.

용한 솜씨로 어찌 이리 잘 만들었을까? 꽃잎 모양을 그대로 찍어내어 끼우고 포개서 가지에 붙인 꽃나무잎이 어디 나무랄 데 없게 만들었으니 생명만 타지 못했을 뿐이다. 물기를 말리고 다발을 다듬었다. 꽃소쿠리가 될 만한 그릇에 담아 거실 한쪽 구석에 걸어놓았다. 산 꽃처럼 아름답다. 물을 안 주어도 늘 살아있는 꽃. 산 꽃이 꺾여와 있으면 가련한 마음이 드는데 만든 꽃은 보는 마음이 편하다. 누가 산 꽃을 좋아하고 만든 꽃은 허술하게 여기는가?

꽃봉오리를 짓고 아름다운 빛깔과 그윽한 꽃내를 뿜으며 벌과 나비를 찾아오게 함으로써 열매를 맺는 것은 푸나무가 살아가는 순리다. 자연 속에서 피고 지고 사는 것이 사람이 살아가는 것과 다를 바가 없다.

꽃이 아름답다고 막 피어나는 송이를 잘라다가 좋은 날에 그를 기리는 마음으로 바치는 짓은 꽃이 시들어가는 모습을 바라보라는 뜻이 아닐까? 꺾인 산 꽃을 보면 안타까울 뿐이다.

(2009. 8)

버스를 기다리며

　20분마다 다니도록 되어있는 54번 버스가 40분을 기다려도 오지 않는다. 여기 올 때에 막 지나갔다 해도 20분을 기다리면 와야 한다. 오른쪽에서 와서 지나가면, 왼쪽에서도 와야 하는데 오른쪽에서 또 와서 지나간다.

　아침 먹고 어정거리지 않고 곧 나섰다. 이렇게 헛되이 기다릴 판이었더라면 아침에 하던 일을 더 해놓을 수 있었고, 40분이 지날 동안이면 걸어서도 벌써 갔을 것이다. 그러나 지금 내 몸이 실하지 못해 그 시간을 걷기는 버겁다. 쉽게 갔다 오자고 차를 타려는데 아침부터 아까운 시간을 허비하는구나! 버스를 안 탈 적에는 채비를 하고 나서면 기다릴 일 없이 뜻에 따라 가므로 편안한 걸음인데, 차비를 주고 타고 가는 길은 이토록 애타게 기다리고 더디다.

자전거가 있지만 타기가 겁이 난다. 5년 전이다. 길 한쪽으로 가는데 뒤에서 승용차가 들이받았다. 이때 다친 몸이 아파서 오래 서 있지를 못한다. 차를 몬 지 한 해도 못 된다는 아낙네가 왼쪽에 서 있는 긴 화물차와 오른쪽을 가고 있는 내 자전거 사이를 요량 못하고 빠져 나가려다가 저지른 짓이다. 사람이 죽는 것이 참으로 뜻하지 않는 순간이다. 죽을 때에는 이때처럼 아무것도 모르고 가버리는 것이고, 그렇게 목숨을 잃는다면 허망한 죽음이 아닌가. 승용차는 자전거보다 빨리 가는 것이므로 먼저 빠져나가야 마땅한 일인가. 자전거를 탄 사람은 승용차를 탄 사람보다 목숨이 낮고, 죽음에도 높낮이로 말미암는가 하는 생각을 하게 되었다.

버스를 기다리는 잠깐 동안이라도 서 있지를 못하고 앉고 싶은데, 이곳에는 버스 서는 푯말만 세워 놓았지 걸상이 없다. 길턱에 걸터앉아 덩치 큰 차가 보이면 이마에 붙은 번호를 살핀다. 다른 버스들은 여러 차례 가는데 내가 탈 버스만 안 온다. 한 버스는 차 옆에 "버스 광고가 좋습니다"고 해놓았다. 광고장사도 잘 안되니까 저런 말을 붙이고 다니는구나. 차들마다 앞뒤에 붙은 번호를 유심히 본다. 저 많은 차들이 같은 번호가 없을 텐데, 저것이 없다면 무슨 일이 벌어질까.

빈 택시가 더러 지나가지만 이것은 안 탄다. 600원짜리 차표 한 장이면 시내는 어디든지 갈 수 있다. 이 차비 몇 곱절이나 더 주고 같은 길을 가다니. 애타게 기다릴수록 그 동안이 아까워서 버스 올 때까지 기다리겠다는 오기가 솟는다. 버스는 애태우며 기다리는 사람들이 타는 차다. 지나가는 택시가 주저앉아 있는 나를 보지만 '암만 보아도 안탈 모양이니' 싶어 외면해 버린다. 곁에서 함께 기다리는 사람이 나와 같은 생각을 가지고 서로 이야기를 하다보면 차가 빨리 오는데.

택시는 태워준 거리로만 차비를 받아야 옳다. 태워준 거리에다가 걸린 시간을 덧붙여 돈을 더 받는다. 신호에 걸려 가만히 서 있어도 차비가 올라가고, 좀 재수가 없으면 신호등마다 선다. 희한한 꾀를 내어 돈을 더 번다. 차가 밀려 기다릴 때에는 부아가 치밀고, 다시는 안 타겠다는 마음을 먹고 버스만 탄다. 택시를 탄다고 더 가까운 길을 빨리 가주는 것두 아니다 버스가 다니는 그 길로 간다. 신호등에 걸리면 택시나 버스나 기다리는 동안이 같다. 천천히 갈수록 택시는 이곳을 보니 빨리 가려고 애쓸 까닭이 없겠다.

버스가 정류소에 서면 앞문 뒷문에서 같이 오르내리므로 머무는 동안이 짧아서 어서 태워다 주려고 애쓰는 것이 좋다. 버스는 오르내리는 문이 넓다. 택시는 허리를 꾸부리고 비좁은 통속을 기어들 듯 타야 하고 한쪽 다리를 걷어 올려야 한다. 모자를 쓰고 있으면 여지없이 벗겨진다. 자리가 푹신하지만 담뱃진 내가 나는가 하면 퀴퀴한 냄새도 난다. 유리창을 조금 비서놓아도 옷에 냄새가 배는 것 같다. 길바닥이 고르지 못한 데를 지날 때에는 몸이 튕겨서 머리를 천장에 박고 허리가 뜨끔한다. 버스는 이런 일이 없다. 너른 집에 들어서는 것 같다. 먼저 타고 있는 사람들이 점잖게 앉아서 본다. 사람이 사람을 보면 말을 하고 싶은데, 머금고 있던 첫말이 인사말이 된다. 타고 가는 앞일은 모르지만 함께 가는 길동무로 보인다.

버스가 때맞춰 자주 다닌다면 승용차가 이토록 많아지지 않았을 것이다. 넓은 길바닥을 꽉 차게 지나가는 승용차들이 딱 한 사람씩만 태우고 간다. 서넛이 탈 수 있는 자리가 비었다. 기름 한 방울 안 나는 나라. 버스는 죽어가고 승용차는 막 불어났다. 버스가 잘 다니면 사람들이 내차 없어도 버스를 많이 탈 것인데, 돈 더 벌려고 차 안 늘리고 사람 많이 태우려 드니, 사람이 짐짝이 되어 실려 다니는 판이다. 이리되니 승용차가 쏟아져 나오고, 걸어 다녀도 될 일에도 타고 다닌다. 불어나는 차 따라 길을 내고 넓히기가 바쁘다.

내 이웃집만 해도 차 두 대 씩은 다 있다. 차 둘 데가 없으니 한길 양쪽에다 세워둔다. 길이 좁아져 차 한 대가 겨우 빠져 나갈 형편이고, 한 지붕 밑에 몇 집이 살다 보니 집 앞 한길마저 차 둘 데가 없다. 집집마다 차고가 있지만 딴 일로 쓴다. 어떤 집은 제 집 앞 길바닥에 '주차 금지'라 써놓고 제 차만 댄다. 한길이 제 땅인가? 한길에 차를 세워두면 벌금이 4만 원이라는데, 아무 일이 없다. 지체 없이 꼬박꼬박 바치는 세금이 아깝다.

한 둘만 낳아 기르는 아이를 고등학교 마칠 때까지 학교 문앞까지 태워다주고 태우고 온다. 몇 군데를 다니는 학원도 타고 가고 타고 온다. 이제는 아이고 어른이고 걸어서는 안 되고 타고 다니는 세상이 되었다. 개도 옷을 입혀 태우고 다닌다. 한창 자라는 아이들이 잘 먹고 몸놀림이 적으니 뚱뚱이가 많다. 걷는 일은 집 안에서나 학교 안에서 있을 뿐이니, 어디 좀 걸으면 못 걷겠다고 보챈다. 흔한 차 때문이 아닌가. 내 어릴 적에는 수십 리 학교 길을 걸어 다녔고 신을 벗어 들고 다니기도 했다. 신이 해지면 바닥을 덧대어 기워 신었다.

228

한길을 닦아제치니 논밭이 어디로 가는가. 사람은 불어나고 논밭이 없어지는데 먹고 살 곡식은 어디서 저절로 오나? 승용차만 불어나면 살기 좋은 세상인가? 넓은 들이 공장 고을이 되고, 옹기종기 모여 살던 마을이 없어졌다. 칸칸이 달아 붙여 켜켜이 포개고 포개 올려 지은 집이 높이를 자랑하듯 치솟아 숲을 이루었다. 이런 집에 등을 붙이고 잠을 자지만 사람이 땅기운을 못 받고 산다. 이 포갠집이 앞뒤를 막아서서, 앞으로 보나 뒤로 보나 똑 같은 창구멍이다. 아래로 내려다보면 딱지 같은 것들이 줄지어 늘어섰다. 더 둘 데가 없다. 차를 포개 놓지 않으려면 어디다 둘 것인가? 날이 새면 이것이 개미떼처럼 한길로 쏟아져 나와 막 긴다.

흔해빠진 차 한 대 안 갖고, 언제 올지 모르는 버스를 타자고 한 곳에서 수십 분을 우두커니 기다린다. 혼자 너르게 타고 가는 저치들이 이 시대를 잘 살아가는 사람이고, 걸어 다니는 사람이 드문 이 아침 길거리에서 흘러가는 차들을 열없이 바라보는 내가 따돌려 지나는 축인가? 시끄러운 차 소리와 고약한 냄새를 마시며 가뭄에 비를 기다리듯 타고 갈 버스를 기다린다.

지난날, 길거리는 오가는 사람들이 서로 옷깃을 스치고 다녔다. 아는 사람을 자주 만나면서 서로 말을 하고 지나갔다. 갓 내어 입은 옷은 산뜻한 새물내가 나고, 푸새하고 빳빳하게 다려 입은 옷은 천이 스치는 소리가 걸음마다 와삭 와삭 했다. 사람끼리 옷깃을 스치고 지나면서 살아가는 그 세월은 차가 없고 못살아도 이웃을 알고 인정이 깃들었다. 지나치다가 부딪쳐서 죽거나 다치는 일이 없었다. 이제는 걸어 다니기를 천하게 여기는 세월이 되어, 차를 타고 빨리 가다가 아주 간다. 걸어 다니는 놈을 치고, 자전거를 타고 가는 놈도 친다. 가해자는 뒷전에 있고 보험회사가 나와서 욜랑거린다. 죽고 다친 놈이 서러운 세상이다.

비어 가는 택시가 부지런히 오간다. 이것이 세도를 부릴 적에는 손님을 태워가면서도 또 불러 태웠고, 갈 곳을 물어서 골라 태우기도 했다. 얼마나 얄미웠으면 너도 나도 내 차를 사서 타고 다니게 되었는가? 이 지경이 되기 전에 버스가 불어나서 잘 다니도록 해야지. 내 차가 불어났으니 택시 벌이가 어렵게 될 수밖에. 빈 차로 돌아다녀도 좀처럼 안 타준다. 승용차한테 따돌림을 받고 돌아다니다가 한나절 되면 열어워서 한쪽에 쭉 대어놓고 가게 앞 들마루에 걸터앉아 입축임을 뽑아 마시면서 논다. 하기야 기름만 태워 버리는 것보다는 낫겠다.

집에서 십리길이나 떨어진 일터를 5년 동안을 걸어 다닌 세월이 있었다. 그 시절은 도시가 아니었다. 버스를 타면 두 번을 탔는데 ㄱ 길은 더 멀리 에둘러 갔다. 걸어 다니면서 보는 것이 절로 나서 자라는 풀과 나무들이다. 벌레를 보고 길짐승도 본다. 철따라 달라지고 있다가 없다가. 이제 그 세월이 가버렸는가.

징검다리로 건너는 도랑이 있었다. 돌팍에 앉아 있던 개구리가 건너가는 나를 보고는 오줌을 싸고 물속으로 뛰어든다. 겁쟁이가 되어서 두 눈이 몹시 불거졌다. 다리살이 포동포동하니 잘 뛰라고 생겼구나. 졸졸 흐르는 맑은 물에 다슬기가 돌에 붙어 어떤 놈은 긴다. 저것을 주워다가 삶아놓고 둘러앉아서 꽁지를 떼고 빨아 먹으면, 목구멍에 넘어가는 것도 없이 입만 바빴다.

　길가로 뻗어나온 잎이 좁은 풀잎을 꺾어가지고 건너면서 흐르는 도랑물 윗쪽으로 날려본다. 잎이 좀 뒤틀린 것은 나사처럼 휘돌면서 비스듬히 내린다. 내가 서 있는 돌팍 사이로 잘 빠져 가는지 본다. 흐르는 물 따라 걸리지 않고 아래로 흘러가면 무슨 바람을 이룬 듯 흐뭇이 여기면서 건너갔다. 짐을 지고 가는 사람이 이 징검다리로 건널 때에는 지게 작대기가 없으면 안 된다. 겨울에는 더구나. 그런 징검다리가 어디에 남아 있는지 찾아가 그때를 되살리고 싶다.

　그 시절에 보던 하늘은 그렇게도 파랗고 맑았다. 짙푸른 산머리 뒤에는 그 파아란 하늘이. 산과 들을 끼고 돌아오는 해거름은 그 푸르름이 더욱 짙었다. 향긋한 내음을 한껏 마시며 집에 들면, 흙바람벽과 구들방에서는 흙냄새가 그윽했다.

　맑은 밤하늘에는 별이 초롱초롱 빛났다. 그믐밤 등불 없는 골목이 어둡지 않았다. 이제는 그 하늘이 아니다. 그 맑은 밤하늘도 세월 따라 가버렸는가. 시방 하늘은 언제 보아도 흐리다. 밤하늘에는 별이 침침하다. 비오는 날 지붕에서 흐르는 물을 대야에 받아보면 물빛이 검다. 기름을 태운 재가 이만큼 공중에 떠 있으니 산 것이 이것을 들이마시지 않을 수가 없다. 비가 그치면 먼 산이 좀 맑게 보이다가도 하루가 지나면 곧 흐릿하다. 전에 없던 몹쓸 병이 불어나니 그 까닭이 무엇인가.

　땅거죽에 검정 돌가루를 굳혀 덮어서 땅기운이 숨을 못 쉬도록 해놓고, 하늘에서 내리는 빗물도 땅이 좀 맛볼 수 없게 대롱으로 모아

지체 없이 흘러 보낸다. 사람 말고는 다른 산 것이 깃들 수 없도록 그 터전을 앗았다. 시커먼 길바닥, 물땅땅이 모양이 막 기어간다. 고약한 냄새를 뿜어내고 시끄러운 소리를 갈아내면서 멎고 달린다. 이 땅 가는 곳마다 온통 달리는 차 판이다.

어떤 놈은 유리가 컴컴하다. 무엇이 탔는지 모르도록 제 모습을 가렸다. 밖에서 보면 안 될 무엇이 탔는가보다. 거기다가 검은 안경을 끼어 얼굴마저 가렸다. 무슨 짓을 하는 놈이기에 저토록 제 모습을 가리는 것인가?

앞 유리가 넓고 덩치가 큰 것이 또 온다. 번호 숫자가 모가 난 글자이면 틀림없이 내가 탈 54번이다. 이 길로 다니는 30번차나 60번차와는 분간이 잘 간다. 넓적한 얼굴을 하고 마침내 와서 선다. 사람들이 좀 탔다. 무슨 일로 이 차가 늦었는지 물어보면 앞 차가 언제 갔는지 모른단다. 이 차에 탄 사람들이 다 나처럼 기다렸던 사람들이겠다. 기다리고 탄 사람들이 게정하지 않는 것은 차를 탔기에 가는 것이 즐거운 것이다.

손잡이를 잡고 있으니 누가 옷자락을 끈다. 돌아보니 쉰 줄에 들어 보이는 아낙네다. 일어서면서 자리를 내어준다. 스무남은 줄 젊은이가 흔히 베푸는 일인데 뜻밖이다. 서서 가도 얼마 못가서 내릴 형편이어서 앉지 않아도 갈 만하다. 곧 내린다고 사양해도 앉기를 바라고 섰다. 더 사양하기는 그니가 무안할 것이다. 수수한 옷차림, 얼굴빛이 후덕하고 평화롭다. 차가 제구실을 못해도 타는 사람은 마음이 덥다. 이런 이를 버스 안에서 만나게 되니 얼마나 큰 힘을 받는지. 무슨 말

232

을 해야 좋을지, 그지없이 고맙다.

차가 간다. 밖이 모두 움직인다. 내가 기다리고 있을 때 가만히 있던 것이 모두 움직인다. 집이 가고 전봇대가 가고 먼데 것이 다 움직인다. 사람들이 지나가는 창밖을 본다. 무엇을 보는지 눈동자가 가로로 욜랑욜랑 움직인다. 한쪽으로 쏠려갔다가 곧 퉁겨 돌아오고 쏠려갔다가 퉁겨 돌아오고 하면서 되풀이한다. 무엇을 보잡으려 하지만 보고 있도록 머물러주지 않는다. 서서 붙잡고 가는 사람은 지나가는 승용차를 더 눈어거보는 것 같다.

함께 타고 가는 사람들이 아무 말이 없다. 서로가 옆모습을 스쳐보기도 하고, 움직이는 밖을 보기도 한다. 타고 가는 것이 얼마나 보람 있는 일인지, 흐뭇이 여기는지 모른다.

먼데도 아닌데 걸어서도 벌써 갔을 곳을 타고 가려고 시름없이 기다렸다. 자리가 없으면 서서 가도 마땅하다. 젊은이도 아닌 이가 낯선 사람한테 자리를 내어주고 서서 간다. 이 일이 예사로운 일인가. 흐릿한 마음 한 구석을 맑혀주는 고마움을 새겨 두고 간직할 일이다.

내릴 곳에 이르렀다. 그니는 내릴 데가 아직 멀었는지 내어 준 자리를 다시 앉으면서

"고맙습니다" 한다.

"안녕히 가십시오" 하고 내려서 떠나는 차 안을 살피며 손을 들었으나, 그니 모습은 보이지 않았다.

(2001. 1)

살갗

배달땅에 태어나 오랜 세월 배달말로 살아온 우리 겨레. 왜놈들에게 서른다섯 해 동안 짓밟힌 우리말이 광복 예순 해가 지나도록 아직도 살아나지 못하고 있다.

광복되고 서둘렀어야 할 일이 짓밟힌 우리말을 일으키는 일이었다. 이는 왜놈 앞잡이 노릇을 하던 '조선왜놈'을 벌주어 겨레얼을 맑힘으로써 이루어지는 것인데 이 일을 못하고 말았다. '조선왜놈'이 광복된 새 나라에 그대로 앉아서 왜놈들에게 배운 왜말(일본한자말)을 조선한문소리로 읽어가지고 나라를 다스렸다.

숱한 이런 말 가운데 하나가 왜말 '皮膚(히후)'다. 이것을 조선한문소리 '피부'로 읽어서 우리말 '살갗'을 짓밟고 있다. 배달 피붙이로 타고난 우리 겨레는 '살갗'으로 사는데 광복되고는 왜놈의 '히후(피부)'

234

로 산다. 그래서 '피부로 느끼는 짐승'이 되는 것이다. 짓밟힌 서른다섯 해, 나라 찾고는 예순 해. 밝히지 못한 '왜놈찌꺼기'로 우리말 모습이 이렇게 되었다.

들에서 무슨 벌레한테 물렸는지 간지럽고 낫지 않아 의원을 찾아갔다.

"살갗이 가렵고 낫지 않아서 왔습니다."

"?"

무지렁이로 보이는가? 바짓가랑이를 걷어 올렸다. 쉰 줄로 보이는 의사, 나를 빠끔히 본다.

"'살갗'을 모릅니까?"

"하! 세상에 그런 말 하는 데가 어디 있습니까?"

"내 몸은 살갗으로 되어 있는데 의사선생은 '피부'로 되어 있습니까?"

"예! 우리 의학용어가 다 '피부'니 그런 말은 안 합니다."

"아 그렇습니까? 나는 오늘 의학박사 ○○○선생한테 내 '살갗'을 보여 낫고 싶은데 '살갗'은 못 나을까요?"

나가버릴 요량을 하고 바로 디밀었다.

"네, 맞습니다. '살갗'입니다."

마침내 '살갗'이라고 말했다.

짓밟힌 겨레가 광복되고, 왜놈 앞잡이 조선왜놈을 밝히지 못했기에

'살갗'이 살아나지 못한다. 말을 다루는 말갈꾼(언어학자)도 왜놈한테 배운 대로 '皮膚'를 '우리말광(사전)'에 '피부'로 올려놓았다. '피부'를 붙여서는 얼마든지 말하면서 '살갗'으로는 않는다.

'우리말광'에는 옛날부터 내려오는 우리 배달말만 올려놓고 이를 밑천으로 새말을 만들어가야 할 것이다. 우리말을 가꾸고 넓혀나가야 겨레얼이 서고, 삶이 가멸어져서 저절로 힘이 날 것이다.

짓밟히는 겨레를 없애려면 무슨 수를 쓰는가? 말글을 가지고 한다. 왜가 저들 말을 國語(고꾸고—조선왜말로 '국어')라 하면서 우리말을 없애갔다. 우리말을 없애는 드센 힘을 부릴 때, 國語常用(고꾸고죠요) 쪽지를 안 붙여 놓은 데가 없었다. 광복되고 우리말로 하면서 버릇된 왜말이 튀어나오면 '우리말 녹슨다'고 핀잔하며 우리말을 다듬었다.

그 '고꾸고(國語)'가 광복되고 '국어'라는 얼굴로 우리말을 다스리는 데 왜의 '國語辭典'에 있는 '한자말'을 '한국어사전'에 거의 올려놓았다. 그들은 누구인가? '살갗'이 있음에도 '히후'를 조선한문소리 '피부'로 읽어서 말하도록 '사전'에 올려놓는 그 속이 무엇인가? '왜'가 우리말을 짓밟고 떠났는데, 그 말을 그대로 타다가 올려놓아도 아무렇지 않은가? 왜말을 조선한문소리로 읽은 조선왜말 '피부'를 이대로 두어서는 안 된다. '조선왜말'을 솎아냄으로써 짓밟힌 우리 겨레의 응어리를 씻을 수 있고, 짓밟힌 우리말이 살아난다.

우리 땅 돌섬(독도)을 왜가 저들 땅이라고 나대는 까닭이 있다. 나라와 겨레가 갈라지고, 말과 글이 저들이 깔아놓은 그대로 있는 판이므로 이를 보잡고 우기는 것이다. 왜가 우리 땅을 짓밟은 동안에 근대화로 나아갔다고 지껄이는 '조선왜놈'이 꿈틀거리고 있지 아니한가?

　광복이 되자 아메리카군정(미군정)이 '조선왜놈'을 감쌌고 이승만정부가 물려받았다. 대한민국 벼슬아치가 된 '조선왜놈'은 '조선왜말'로 다스렸다. 우리말은 짓밟힌 백성이 하는 말이기에 숨줄을 붙이고 짓밟히고 있다가 죽어간다. 아메리카군정부터 씨가 떨어진 '서양말'은 '國語常用'와 같은 쪽지가 없는데도 우리말을 더 짓밟고 그 힘이 드세다. 우리말은 어찌될 것인가.

　나라가 갈라지고, 겨레가 갈라져서 숱한 우리 겨레가 피를 쏟고 죽었다. 짓밟힌 우리말 모습이 이 한을 안고 있다. 갈라진 겨레, 갈라진 나라, 짓밟힌 우리말을 맑히지 아니하고 이대로 둘 것인가?

(2006. 3)

소쌀밥나무

먼 길은 버스보다 열차(불수레)로 간다. 차 안이 널러 마음이 편하다. 버스는 타자마자 안전띠를 매는 것이 끔찍한 탈을 만날지 모를 채비를 하는 것이니 길마에 짐비리처럼 묶여 실러 가는 것이나 다름없다. 나그네 길이라 하면 산천도 구경하고 살아가는 농사를 보며 쉬엄쉬엄 걸어가는 길이었다. 보는 것이 다 마음에 새겨지고 가다가 길동무를 만나면 말벗이 되어 살아가는 이야기로 정이 든다. 이제 어디를 가나 타지 않을 수 없고 천리길도 잠깐이다. 빠른 것을 타고 가며 보는 것은 마음에 새겨지지 않는다. 그리움에 젖어서 잊지 못하는 것은 다 어릴 적 걸어 다니며 본 것들이 아닌가.

경전남부선 열차로 진주를 지나보기는 처음이다. 구경길이 드물었으니 이럴 수밖에. 눈여겨보면서 가보리라. 몇 칸을 달고 가는 무궁화

열차, 맨 앞 객실이다. 차표에 찍힌 자리를 찾아 앉아보니 그 너른 객실에 몇 사람. 자리가 이렇게 비었는데 차표에 자리매김을 해놓았다. 빽빽하게 타고 다니던 통일호 열차가 생각난다. 이래가지고는 무궁화마저 없어질까 걱정이 된다.

큰 정거장만 서던 무궁화가 작은 정거장도 선다. 정거장을 없애버린 쓸쓸한 빈터도 있다. 기름 한 방울 안 나는 나라에 자동차가 짬도 없이 불어나서, 삼천리강산을 자동차길로 매워가니 철도가 이렇게 될 수밖에. 새 길을 내고 또 넓히고, 그 길도 대중교통을 위하기보다는 집집마다, 식구마다 제 차를 몰고 다니도록 되어가는 판이니 철도가 이리되는구나. 기름을 태우고 고무바퀴와 길바닥이 닳아서 나는 먼지가 공중에 차는데 무슨 수로 이 먼지를 안마시고 사는가.

어떤 정거장에는 내리는 사람도 타는 사람도 없다. 깃발 든 역장이 텅 빈 마당에 서서 차를 맞고 보낸다. 우두커니 섰다가 깃발을 흔드는 모습이 열없다. 이런 역에서 파는 차표값 다 받아 챙겨도 한 달 담뱃값이나 될란가?

진주 근처던가? 내 나이나 되어 보이는 이가 앞문으로 들어와서 내 건너 쪽에 자리를 잡는다. 차표에 자리 번호가 있을 테지만 벽에 붙은 번호는 보지도 않고 사람만 보고 자리를 잡는다. 차에서도 낯선 사람이 곁에 오면 말이 하고 싶다.

산자락을 지나가고 굽이를 돌아가고, 굴을 지나면 또 굴을 지나고, 허연 칠갑을 한 포갠집(아파트)들이 삼대 섰듯 치솟아서 산을 가렸다. 감나무에 가려서 초가집이 보일 듯 말 듯한 산기슭 마을들이 그립고 보고 싶다.

짙푸른 풀과 나무가 차 바람에 일렁거린다. 가만히 서서 한나절 햇볕을 받고 있다가 밀치는 바람에 취한 듯 짓뜩거린다. 이달이 칠월이라, 제철을 맞아 벋어나는 가지에 잎이 짙다. 불그레한 저 털꽃송이. 깃꼴 빗살 잎이 한창 짙푸르게 우거졌는데 탐스러운 꽃송이를 받치고 있다. '소쌀밥나무'다.

어렸을 적 내 고향 남백, 뒷골로 가는 도랑가에 저 나무가 짜다라 있어서, 소몰고 가면 늘어진 가지에 혀를 내밀어 그 잎을 훑어 먹었다. 소가 잘 먹어 어른들은 '소쌀밥나무'라 했다. 이 꽃 본 지가 언제던가?

가까이 앉아 있는 이도 이 꽃을 보고 나처럼 느끼는지,

"소~밥나무꽃이 한창이구나!"

내가 잘 못 들었나?

"소 무슨나무요?"

"소 찰밥나무랑께!"

"소 찰밥?"

보성역에서 내린다. 철길을 건너 역으로 가는데 등이 구부정하다. 내가 자란 창원에서는 '소쌀밥나무'라 하는데 이 고장에서는 '소찰밥나무'라! '쌀밥'보다 '찰밥'으로 이름하는 것은 소를 더 위하는 말이 아닌가!

농가에서는 소가 살림 대들보다. 요새 같으면 논 갈고 밭가는 농기계요 짐을 끌거나 나르는 자동차와 같은 일을 했다. 일철이 되면 그렇

게 부리는 소. '소쌀밥나무'가 아니고 '소찰밥나무'라! 더 진한 맛이
난다.

민속 예술, 판소리와 농요가 빛나는 고장. 땅 갈고 열음지으며 어울
려 사는 이 고장 사람들의 멋들어진 삶의 말 '소찰밥나무'. 피땀 흘리
며 지어도 한 때만 겨우 먹어볼 수밖에 없이 빼앗기며 살던 세월을 지
낸 '밥', '쌀밥', '찰밥.'

나그네길에서 이 고장 사람을 잠깐 동무하며 이 씨할 말을 얻었으
니, 한 겨레로 사는 마음이 감돌아 가슴이 열리고 정이 트인다. 우리
강산 우리 겨레, 이 좋은 사람들, 나그네 길.

집에 와서 책을 찾아보니 '소쌀밥나무', '소찰밥나무'라는 말은 어
느 구석에도 없다.

올림말에 이르기를 '자귀나무'라 했다.

(2005. 8)

241

첫 날 아침

삼월 초이틀 아침
사위에 사는 아이들이
집집마다 골목으로 나와
한군데로 간다.
옷이 다 차림이다.

책도
교실도
선생님도
이날을 위하여
봄

여름

가을

겨울이 갔다.

아버지는 벌써 일터로 갔고

배웅 나온 어머니

한길 모퉁이까지 나와

아이 뒷 모습을

밀어보낸다.

한해의 희망을 이 아침에 걸고

재잘거리는 아이들 소리에

봄이 오는 소리가 퍼진다.

(2005. 10)

그 세월 뒤돌아보며

1쇄 인쇄 2012년 11월 9일
1쇄 발행 2012년 11월 15일

지은이 남점성
펴낸곳 도서출판 **말글빛냄** · **인쇄** 삼화인쇄(주)
펴낸이 박승규 · **마케팅** 최윤석 · **디자인** 진미나
주소 서울시 마포구 서교동 463-3 성화빌딩 5층
전화 325-5051 · **팩스** 325-5771 · **홈페이지** www.wordsbook.co.kr
등록 2004년 3월 12일 제313-2004-000062호
ISBN 978-89-92114-82-0 03810
가격 12,000원